KB259864

청춘의 위로와 긍정

청춘의 위로와 긍정

초판 1쇄 2011년 11월 11일
초판 6쇄 2013년 4월 13일
지은이 이상복
펴낸이 김영재
펴낸곳 책만드는집

주소 서울 마포구 합정동 428-49번지 4층 (121-887)
전화 3142-1585·6
팩스 336-8908
전자우편 chaekjip@naver.com
출판등록 1994년 1월 13일 제10-927호

ISBN 978-89-7944-379-0 (03810)

청춘의 위로와 긍정

이상복 지음

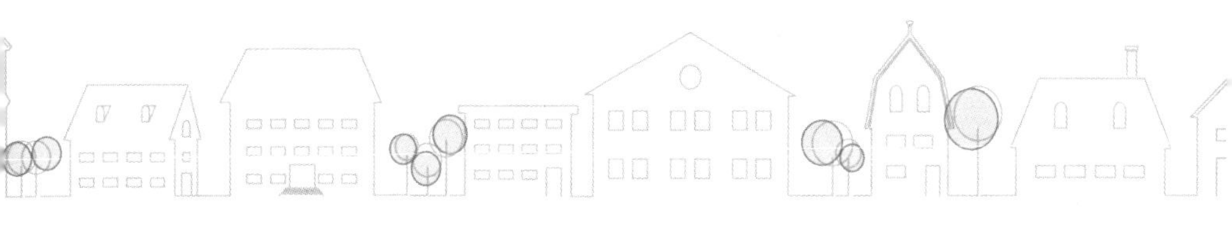

책만드는집

순간을 두고 모든 것은 변한다. 이 책 역시 출발의 시점과 확연히 달라졌다. 시작은 나의 박사 졸업생 교수님들이 2012년 내 정년을 기념하는 무엇을 기어이 하겠다는 고집 꺾기에서 비롯되었다.

이야기를 써 내려가면서 처음으로 알게 되었다. 한 번도 자랑일 수 없었던 고아라는 사실이 자랑이었다. 한 번도 풍요롭지 않던 것이 풍요였다. 한 번도 위로가 된 적이 없던 사실들이 모두 위로였다. 한 번도 감사일 수 없던 시간들이 감사였다. 미움이고 질시였던 것들이 우리의 무지개였다. 눈물이고 설움이었던 것들이 응석이고 희망이었다. 모두가 하나의 긍정이었다. 삶을 풀어내는 방법이고 청춘이었다.

삶을 표현하는 모든 내용은 그 고유의 빛깔로 우리를 녹인다. 소설까지도 우리의 삶을 벗어나지 못한다. 이 책은 소설 같은 우리 삶의 이야기이다. 모두의 청춘과 위로이다. 그래서 따뜻하다.

끝난 자리에서 찾아낸 것은 경이로움이다. 길목마다 기적의 순간들이 지키고 있었다. 세 살에 엄마를 보내고 열 살엔가 아빠도 떠났다. 그런데도 너무 잘 살았다. 기적이었다. 세 살에서 60년이 지나 진짜 엄마가 짠 하고 나타났다. 기적이었다. 수년 전에 말기 암 진단을 받았다.

여전히 너무너무 행복하다. 기적이다. 더욱 기적인 것은 기적을 일상
으로 살아갈 내일에 있다.

이 아름다운 기적의 삶을 살아온 모두를 대신하여 이 이야기를 세상
에 내어놓는다. 모든 이가 서로 즐기는 이야기가 되었으면 한다. 위로
와 감사가 필요한 모든 나이의 청춘들에게 이 책을 바친다.

돌아가신 부모님, 큰엄마, 현재의 내 엄마와 스승님 내외분, 백령의
부모님, 오빠들과 그 가족들, 그리고 이 책 속에 살아 있는 아름다운 사
람들, 그 주인공들은 그들의 이야기를 즐길 첫 번째 사람들이다.

모든 이들에게 감사드립니다.

−2011년 대평리의 가을, 그 하늘 바다에서, 상아

02 인연을 묶어주는 고리

03 정해진 팔자는 있는 것인가?

05 삶은
기적이어라

01

우연으로 주어진
필연의 시간들

세상에 나를 존재케 해주신
나의 부모님

나의 어머니!

나를 낳아주신 내 어머니는 내 나이 만 세 살에 돌아가셨다. 우리나라 개화기 침례교회 목사님의 장녀로 태어나 청주여고를 거쳐 서울에서 당시 최고의 신교육을 받으셨던 어머니는 41세에 하늘로 가셨다. 한국 애국부인회 창설에 관여하셨고 사회 계몽 활동에 혼신을 다하신 분이었다. 그러나 내 동생을 임신하신 상태로 6·25전쟁을 겪었고 그 후유증으로 끝내 세상을 떠나셨다. 여성, 어머니, 자녀 사랑, 자녀 교육, 나라 사랑, 지식인 이러한 숭고한 단어들의 가장 아름답고 강한 정신으로 내 어머니를 떠올린다.

어머니의 정신은 나에게 주어진 상속이며 유산이다. 학도병으로 참전했던 큰오빠는 우리 형제들이 모이는 경우에는 예외 없이 어머니가 어떤 정신의 소유자였던가와 자신의 무용담을 이야기하곤 한다.

"갑자기 모든 학생은 운동장에 모이라는 방송 후에 장교 한 사람이 단상에 올라서서 소리를 쳤어. 지금 빨리 집에 가서 군에 가야 한다고 말씀드리고 숟가락 하나씩 들고 다시 모이라고. 그 말을 듣고 집으로 뛰어갔는데, 그때 어머니는 마루를 닦고 계셨어. 급하게 말씀드렸지. '지금 군에 가야 한다고 말씀드리고 오래요, 어머니!' 그런데 어머니는 고개를 들어 나를 보지 않으시더라. 계속 머리 숙여 마루를 닦으시면서 '그래, 나라가 위기에 처했는데 나가야지!' 단호한 그 한마디뿐이었다. 나는 어머니 얼굴도 못 보고 부엌으로 가서 내 숟가락을 찾았지. 뒷주머니에 넣었더니 너무 길었어. 돌에 딱 쳐서 몽당숟가락으로 만들어 주머니에 쏙 들어가게 넣고 학교로 뛰어갔는데, 그때 훈련도 없이 총알이 비 오듯 하는 전선에 학도병으로 투입되었다."

이 이야기는 한 번만 더 들으면 백 번 되겠다고 할 만큼 되풀이되고 있다.

어머니!

지식인의 사회적 의무를 생각할 때마다 어머님 당신을 생각합니다. 갓 열여섯 살 된 맏아들을 학도병으로 내보내신 그 지식인 정신은 어머니의 세 살 아기를 누구보다 긍정적인 어른으로 살게 한 뿌리가 되었습니다. 당신이 나를 낳아주신 내 어머니라는 사실이 세상의 무엇보다 큰 자랑입니다. 어머니!

나의 아버지!

아버지는 내가 초등학교 4학년 여름방학 때 병환으로 돌아가셨다.

성적이 좋았던 나는 통지표를 내밀기만 하면 과자를 상으로 받았다. 그것이 통지표 받는 날의 순서였고 신나는 기다림이었다. 아버지께서 돌아가신 날은 초등학교 4학년 1학기 말 통지표를 들고 집으로 뛰어가던 여름방학의 시작 날이었다. 그래서인가 그날의 막막함과 아스라하던 슬픔은 고스란히 남아 있다. 아버지께 더 이상 과자를 사달라고 조를 수도, 아버지를 만날 수도 없게 되었다는 그 사실보다 더 억울한 일은 지금까지도 겪어보지 않았다.

아버지께서는 일본 유학을 마치고 정부 관리로 계실 때 어머니와 연애결혼하셨고, 세 살 터울의 아들 네 명과 막내딸인 나를 두고 어머니가 계시는 하늘로 가셨다. 어머니는 세상을 떠나실 때 아버지 무릎을 베고 마지막으로 "나는 저 아이들을 두고 떠나고 싶지 않아요"라고 말씀하셨다. 아버지의 마지막 말씀은 병원에 가려고 집을 나서면서 하셨다는 "막내가 고등학교까지 마치는 것은 봐야 하는데……"였다.

아버지는 병원으로 가시면서 돌아오지 못할 것을 짐작하셨던가! 초등학교 4학년인 막내가 어떻게 살아갈까 그렇게 걱정을 하셨던 것은! 내 아버지는 '영국 신사'라는 별명에 걸맞게 키도 크시고 잘생기신 얼굴로 마을회관에서 연설을 하실 때는 말씀까지도 잔잔하고 정겹게 하셨다. 내가 고등학교 때 딱 한 번 셋째 오빠와 함께 만나 뵈었던 이모님은 내 아버지의 선량하신 성품을 한 가지 예로 전해주셨다.

"언젠가 너희들 집에 갔더니 낯선 부인 한 사람이 방 안에 누워서 자기 사정을 이야기하더구나. '병이 들어 있는 제 처지를 보고 집에 가자고 해서 부인이 없는 가정인 줄 알고 왔더니 저렇게 훌륭한 부인이 계시는군요. 내 몸이 좋아지면 곧 떠날 것입니다. 이 집에 더 있으면 벌 받을 것 같아요'라고.”

내 아버지는 그렇게 어려운 사람만 보면 곧잘 집으로 데리고 오셨고, 어머니는 말없이 그 역할을 다 하셨다 들었다. 누구에게나 기를 세우는 나의 오만함은 내가 그토록 선량하신 아버지 어머니의 딸이라는 사실에 근거한다. 부모님께서 아무리 일찍 돌아가셨다 해도 남기신 정신은 변함없이 나를 당당한 사람으로 세웠다. 나는 내 삶의 어디에서나 어김없이 부모님의 정신적 유산을 방패로 살아온 셈이다. 미국에서 학위를 받았을 때도 제일 먼저 아버지께 보고를 드렸다.

“아버지! 막내가 아버지가 바라시던 고등학교도 나왔고, 대학도 졸업하고, 대학원 석사는 한국과 미국 두 곳에서 마치고, 박사까지 되어 아버지 소원 풀어드렸습니다. 아버지께서 돌아가시기 전에 원하셨던 제 고등학교 졸업에 대한 소망에 더하여 학위까지 보너스로 했습니다.”

나는 지금도 한 아름 과자를 사주실 때마다 “친구들과 나누어 먹어라” 하시던 아버지 말씀을 잊지 않고 있다. 어릴 때는 그 말씀이 좀 야속하기도 했다. 아버지의 그 말씀 때문에 꼭 나누어 먹어야 했으니까! 그러나 지금은 참으로 감사하며 산다. 아버지께서 내게 남기신 그 나눔 정신은 나 자신을 자랑할 수 있는 동기가 되었고 부모님을 여읜 모든 악조건을 긍정할 수 있는 텃밭이 되었으므로!

긍정의 등대를 세워주신
나의 백모님

중학 1학년 때부터는 큰아버님(작은 큰어머님과 사셨음)과 따로 살고 계시던 백모님이 나를 사랑으로 키우셨다. 백모님은 내가 유학을 마치고 와서 대학의 교수로 재직하던 해, 85세에 돌아가셨지만 가시는 날까지 나를 세상에서 가장 사랑하셨다. 세상을 잘 산다는 것이 어떤 것인지를 가난 속에서도 몸소 보여주신 참어머니셨다.

나는 백모님을 돌아가실 때까지 '큰엄마'라고 부르지 않고 그냥 '마마'라는 중성적 명칭으로 불렀다. 이유는 간단했다. 많은 친구가 우리 집에 오는데 큰엄마라고 부르면 내가 고아라는 것이 알려질까 싶어서였다. 그리고 내 친구들은 마마가 내 백모라는 사실을 알려주기 전까지는 절대 알지 못했다. 그만큼 마마는 내게 좋은 어머니로 계셨다.

백모님은 조그만 집의 아랫방 두 개를 세놓아 생활하시는 형편에서도 이웃 사람들에게 관대한 넉넉함을 나누셨다. 내 중학교 시절에는 우리나라의 모두가 가난한 모습을 하고 있었다. 아침마다 연탄불이 없어 빌리러 오는 이웃이 허다했다. 그때마다 백모님은 넉넉한 미소까지 지으시며 불이 잘 붙은 연탄을 어서 가져가라고 서둘러 내어주시곤 했다. 마치 이웃을 위해 연탄불을 잘 피우고 계시는 듯했다. 그 일을 두고 내가 투덜거린 적도 있었다. 우리도 밥을 해야 하는데 맨날 그렇게 연탄불을 빼 주면 되느냐고. 그러면 "그 사람들은 빨리 밥을 먹고 일을 나가야 할 사람들이고, 우리는 좀 늦어도 되니까" 하셨다.

백모님의 이 작은 배려는 이웃에게 온정이 되었고 가난한 시대의 정겨운 교과서였다. 고등학교 교사 생활을 접고 유학을 결정했을 때 내 오빠들이 가장 걱정한 것은 "백모님이 너를 보내놓고 건강하게 잘 계실 수 있을까"였다. 다행히 혼자이셨던 사촌 언니가 곁에 계실 수 있어서 마음 놓고 떠날 수 있었다. 백모님은 생신 때면 내가 미국에서 전화로 주문해드리는 생일 케이크를 받으시고는 그 자랑을 다음 생일 때까지 이어가셨다. 내가 귀국 즉시 했던 일은 백모님을 모시고 다닐 승용차를 산 것이었다. 주말에 이웃 친구분들까지 함께 모시고 온천으로 가곤 했다. 운전을 할 때마다 내가 "박사를 운전기사로 둔 우리 마마보다 더 높은 사람은 세상에 없겠지!" 하고 신나게 깃대를 올리면 그저 만족한 미소만 가득하시던 백모님이셨다.

백모님의 모습은 당신이 이웃에 나누어주시던 그 연탄불의 따뜻함으로 남아 있다. 그리고 세를 든 사람들이 방세를 못 내는 기간이 아무리 길어도 한 번도 다그치지 않고 인내하며 그 가난을 함께 견디시던 지혜로움은 나를 지키는 투명한 삶의 향기가 되었다.

사실 백모님이 남기신 가장 귀한 선물은 내 어머니와 가장 가까운 곳에 계셨고, 어머니가 나를 얼마나 귀하고 지극한 정성으로 사랑하셨던가를 일러주고 가신 일이다. 백모님으로 인하여 내 어머니가 어떤 분이었는지 세세히 기억할 수 있게 된 것은 내 삶을 풍요로 다질 수 있게 해주었다. 백모님은 아기처럼 올이 여리고 성근 내 머리를 두고도 어머니 이야기를 전하셨다.

"그때 국민학교 운동장 단 위에 서서 연설하던 동서의 얼굴을 바닥에 앉아 올려다보면 머리 밑이 다 보였고 너처럼 머리숱이 적었어."

내가 어머니의 적은 머리숱을 닮았다는 것은 백모님이 아니었으면 몰랐을 것이고 불만을 버리지 못했을 것이다. 그러나 그 말씀 이후 머리숱이 적어서 어머니를 닮은 딸로 거듭날 수 있었다.

백모님은 내가 얼마나 귀한 딸이었던가에 대하여 몇 번이고 내게 전하셨다.

"세상에 없는 귀한 딸이 너였다. 피난길에 하루 종일 앙앙 울기만 하는 지야. 니무 울어대는 동에 모두들 버리고 가자고 난리를 칠 정도였지. 그런데도 동서(내 어머니)는 울지 말라고 손가락 하나로도 야단을 치는 법이 없었다. 말로도 울지 말라고 윽박지르는 법도 없었어. 동서는 그런 사람이어서 피난길에도 세상에 없이 귀하게 너를 대했다. 첫째는 군에 갔고, 재바른 둘째는 수색조원으로 뽑혀 가고, 결국 셋째가 너를 많이 업고 다녔다."

셋째 오빠가 나를 전쟁 중에 많이 업어주었다는 백모님의 말씀에 따라 작년 구정에는 "나를 업어준 감사의 값입니다" 하고 제법 많은 용돈을 셋째 오빠께 넣어드렸다. 가능하면 앞으로 새해에는 나를 업어준 감사 용돈을 드릴 작정이다. 겨우 초등학교 3학년? 포탄 속으로 그렇게 작은 소년이 나를 업고 다녔다니 어찌 감사하지 않을쏜가!

백모님은 나에게 끊임없이 내 어머니의 이야기를 겨울밤에 옛날애기 들려주시듯 하셨다.

"너희 할머니는 호랑이 할머니로 소문난 분이셨지. 하루는 너희 할머니가 갓 시집온 동서더러 엄동설한에 냇가에 가서 네 아버지 양말이랑 할머니 버선을 빨아가지고 오라고 한 적이 있었다. 그날 손이 얼어 울면서 들어와 그러더구나. '형님, 나중에 내가 딸을 낳으면, 얼음물에 손 담그고 버선 하나 빨았다고 이렇게 울고 오는 그런 여자로 키우지 않을 거예요'라고."

백모님께서는 내 어머니가 원하시던 딸의 모습을 전해주셨고 나는 내 어머니의 유언을 따르듯 강한 긍정의 정신으로만 살았다. 엄동설한의 추위보다 더한 어떤 환경도 긍정할 지혜로운 여인이 되어야 한다는 나에 대한 내 어머님의 유언이 나를 4기의 암도 긍정하고 잘 사는 딸이 되도록 한 것이다.

백모님은 어느 날 "너, 정말 시집 안 갈 거냐? 하긴 너는 시집을 가도 잘 살 것이고, 안 가도 잘 살 거니까. 너는 절벽 끝에 세워놔도 잘 살아갈 거다" 하셨다. 내가 세상에서 가장 멋진 삶을 살아갈 바로 그 한 사람이라는 확신을 남기신 말씀이었다.

중학교 때 읽었던 소설『타이스』의 주인공 타이스는 성직의 수사들까지도 매혹한 무희였다. 훗날 타이스가 명상으로 성녀로의 새로운 삶을 얻게 된 것은 어린 시절 자신의 유모가 틈이 나면 들려주던 천상의 이야기가 생애 속에 녹아 있어 가능하였다. 백모님은 내가 어떤 불운에 처한다 해도 그 불운이 또 다른 희망이 될 긍정의 등대를 내 어릴 적에 이미 세워주셨다. 타이스가 천상의 여인으로 살아난 것처럼 나 역시 세상을 새롭게 살아가고 있다. 내 백모님이 보여주신 그 모든 긍정과 존경에 근거하여!

백모님!

당신에 대한 아름다운 기억들은 먼 바다에 닿고도 남을 것입니다.

그리운 나의 사랑하는 백모님!

똑똑한 조랑말의
경험적 회상

아버지까지 돌아가신 이후 초등학교 5, 6학년 기간은 그나마 아버지가 계시는 것처럼 평온했다. 당시 학교마다 한창이던 학교 대항 혹은 지역 대항의 반공 웅변대회에 다니느라 교실에 남아 있을 틈조차 없었다. 5학년 때 담임 선생님은 우리 집을 글 잘 짓는 집안으로 아셨는지 웅변대회 원고를 집에서 써 오라고 하셨다. 결국 큰오빠가 써준 원고를 받아 외우기 시작하면서 큰오빠가 싫어질 정도로 서두가 마음에 들지 않았던 기억이 새롭다.

그때 원고의 서두는 "사람이나 나무나……"로 시작되었는데, 나는 사람이 나무와 함께 어떻게 나란히 서두에 나와야 하는지 도무지 그 대목이 마음에 들지 않았다. 그러나 큰오빠가 싫어할까 봐 그대로 외웠다. 다만 아직도 그 두 단어로 인한 불편했던 심기는 죄도 없는 큰오빠와 연결되어 있다. 어쨌든 내 어머님의 연설가적 기질을 상속받은 덕분에 모든 대회에서 두각을 나타내는 학교의 보물이 바로 나였다. 6학년 때는 당시 초등학교에서는 흔하지 않던 학교 방송에서 수업 시작 전 동시를 낭송하거나 학교 소식을 전하는 아나운서 역할을 하기도 했다. 초등학교 6학년에 주어졌던 학교 아나운서 역할은 이후 다양한 직업군을 섭렵하면서 항상 당당할 수 있었던 자신감의 원천이 되었다.

그러나 보다 중요한 전환점은 초등학교 졸업과 더불어 시작되었다. 운명으로 주어진 어린 날의 현실은 의지에 따른 선택 사항이 아닌 듯했다. 돌아가신 아버지를 대신하여 가장이 되어야 했던 첫째 오빠까지도 예외는 아니었던 것이 분명했다. 그게 아니고서는 그 귀하디귀한 막내인 나를 절친한 가정에서 원한다는 이유만으로 '남의 집 담살이'가 되는 엄청난 이력에 내보낼 수는 없었을 것이므로! 초등학교를 졸업하던 다음 날인가에 중학교 교사를 아빠로 둔 옥이네 집에 도착했던 기억이 또렷하다. 그 집은 옥이 아빠를 따라 아침에 버스를 타고 그날 늦은 오후 시간에야 도착할 수 있었던 먼 거리였다. 나를 만나는 순간, 옥이 엄마가 건넨 이야기는 "옥이는 좋겠다, 이제 타고 다닐 말이 있어서"였나.

큰오빠가 써주었던 반공 웅변대회 원고의 서두가 '사람과 나무를 나란하게 두었다'는 점에서 아주 싫었던 것처럼, 나는 '사람인 내가 옥이가 타고 다닐 수 있는 말'이라는 것에 당황했고 싫었다. 그러나 그 시간 나는 내 어머님이 남기신 유언을 지키는 강하고 슬기로운 사람이 되어야 했다. 그날의 당황은 최초의 환경적 도전이었다. 울 수도 없어 웃는 얼굴로 고개 숙여 옥이 엄마께 인사를 드렸다. 초등학교 졸업과 더불어 내 자립의 날은 그렇게 시작되었다.

내가 모셔야 하는 옥이는 두 돌을 지났을까 말까 한 아기였다. 그러나 나 역시 초등학교를 막 졸업한 어린 나이로 큰 말이 될 수는 없었다. 자그마한 조랑말 역할에 충실했다. 집안에서 시간에 따라 주어지는 일을 통하여 주인의 총애를 받도록 최선을 다하는 조랑말로 살았다.

"세상의 모든 것은 변한다"라는 말은 만고의 진리이다. 내가 조랑말 역할의 아이 보는 일로 채용되어 약 2년이 지나자 처음에는 당황스럽고 어색하던 남의 집 생활이 몸에 익어 편안해지는 변화의 시간도 있었다. 그러나 시간이 쌓이면서 찾아온 변화는 불안의 엄습이었다. '남의 집에서 겨우 밥만 얻어먹는 조랑말 역할만 한다면 나의 장래는 어떻게 되는 걸까?' 하는 자각이 찾아왔을 때 나는 행복할 수 없었다.

빨래하고 밥하고 아이를 업어주는 그 일들이 나의 의식주를 해결하는 수단이지만 나를 성장케 할 의미 있는 일은 아닌 듯했다. 주어진 조랑말 역할은 내 부모님이 나에게 주고 싶어 하셨던 가치 있는 그 무엇과는 분명 거리가 있어 보였다. 그 이후 어떤 날은 잠들기 전에 숨죽여 우는 시간도 있었고 공연히 첫째 오빠가 더욱 싫어졌다.

어떤 경로를 거쳤는지는 지금 기억나지 않지만 어떻게 서울의 둘째 오빠 주소를 알게 되었다. 분명한 것은 둘째 오빠에게 서울에서 공부를 하고 싶다는 편지를 보냈기에 내가 답장을 받았을 것이다. 오빠의 편지를 읽으면서 울었던 흔적이 눈물 자국으로 번진 그때의 편지글에서 확인된 것은 오빠가 나를 몹시 사랑하고 있다는 사실이었다. 우리 형제들은 글을 쓰는 재능은 물려받았지만 글씨는 악필이라는 공통점이 있다고 셋째 오빠가 말한 적이 있다. 그런데 둘째 오빠의 글씨체는 유난히 반듯하면서 시원시원한 달필임을 그때 알았다. 그 편지는 지금까지 내 사진첩에 남겨져 있지만 눈물로 얼룩이 지고 색깔이 변해 낡은 채로다. 오빠의 편지는 언제 읽어도 청춘의 긍정과 존경이 되고, 감동을 준다.

사랑하는 동생에게

네가 보내준 글을 오늘, 즉 사람들이 설이라고 즐기는 음력 설날, 양력으로 28일 잘 받고 잘 읽었다. 그리고 어른 같은 마음을 가진 오빠도 네 글을 받고서 울었단다. 그동안 몸 성히 하나님의 사랑 속에 잘 있었느냐?

오빠도 하나님의 사랑으로 생활이 평안하니, 한 없이 돌아가신 어머님께 감사하고 있단다.

상복아!

네 글을 받고 네 마음과 뜻을 잘 알았단다. 그리고 당장에 네가 원하는 것을 해주지 못하는 오빠 됨을 한없이 슬퍼했단다.

많은 말을 그만두고, 네가 생각하는 것을 내가 잘 알고 있으니 오빠가 대학을 졸업할 때까지 1년을 집에서 기다려라. 지금 서울에 오면 너도 죽도록 고생이 되고 나도 죽도록 고생이 되어 일이 되지 않아. 네가 원하는 것을 오빠가 꼭 이루어주마. 아무 말을 말고 오빠가 오라고 할 때까지 공부하면서 기다려라! 너는 아직 어린 몸이야. 정말 세상이 험한 것을 모를 거야. 아무 말을 말고 오빠가 오라고 할 때까지 기다려라.

누구도 원망할 수 없는 우리들이기에 우리는 우리들 힘으로 살아야 하는 거야. 절대 낙심을 말고 희망을 잊지 말고 열심히 시간 있을 때 공부하며 기도하며 기다려라! 꼭 오빠의 부탁이다.

사랑하는 상복아!

이 글을 쓰고 있는 오빠의 마음은 참으로 아프고 답답하단다. 길게 쓰면 쓸수록 나와 네 마음만 아프니까 그만 쓰련다.

그때 오빠는 대학 3학년 학생이었다. 혼자의 힘으로 고학을 하고 있던 오빠의 고충은 내가 알 수 없었다. 오빠 곁에서 중학교를 다니겠다고 떼를 부리는 막냇동생이 얼마나 답답하고 막막했을까! 그래도 오빠는 내가 원하는 것을 반드시 이루어주겠다고 약속했다. 그 약속의 편지는 오빠가 부탁한 대로 내 소원의 날을 기다릴 수 있는 힘이 되었다.

어찌 되었든 내가 오빠에게 편지를 보낼 그 즈음에는 어머님이 우리를 두고 하늘로 떠나셨다는 사실이 참을 수 없는 배신적 분노가 되기도 했다. 옥이는 엄마가 있어서 상전이 되는데 나는 왜 엄마가 없어서 공부도 못 하고 조랑말이 되어야 하는지 이해가 되지도 않았고 공평한 일도 아니었다. 그런데 오빠는 내게 "한 없이 돌아가신 어머님께 감사하고 있단다", "누구도 원망할 수 없는 우리들이기에……" 하고 긍정의 메시지를 주었다.

오빠가 보낸 편지에서 중요했던 것은 "내 어머님이 한 없이 돌아가셨다"고 한 그 긍정의 태도였다. 그 긍정의 태도는 어머니가 어린 나를 두고 세상을 떠나버렸다는 좌절이 남지 않도록 위로하는 정서적 보호막이었다. 더구나 우리 형제들은 누구도 원망하지 말고 우리들의 힘만으로 살아야 한다는 독립적 자존심은 나의 전 생애를 통하여 가장 빛나는 황금의 좌표가 되어 굳건하게 나를 지켜냈다.

오빠가 대학을 졸업하면 서울로 불러서 내가 원하는 공부를 시켜준다는 약속의 날이 오기 전에 불현듯 백모님이 내 처지를 아시게 되는 필연의 날이 먼저 왔다. "네 동생이 얼마나 귀한 딸인지 네가 모르느냐?"며 당장 데려오라 노발대발하신 그 원인에 대하여 큰오빠는 두고두고 마음 아파했고, 지금도 미안해하곤 한다. 그러나 옥이네 집에 나를 보내기 전에 왜 좀 더 신중하지 못했을까 하는 원망과 아쉬움은 여전한 상처이다. 이 상처는 나의 경우와 다르다 해도 비슷한 처지에 있는 어린이들을 보면 미안한 마음이 들게 한다. 현실적 이유로 부모로부터 떨어져 살아야 하는 대부분 어린이들이 훗날까지 버림받은 듯 아린 상처를 시니고 있을 수 있다는 이해가 가능하기 때문이다.

졸지에 고아가 된 5형제의 운명을 딛고 오빠들 모두 스스로 학업을 계속했던 것은 곡예처럼 어려운 일이었다. 그 절대의 상황에서 큰오빠인들 막내를 공부시킬 수는 없었을 것임을 모르는 바는 아니었다. 다만 나를 남의 집에 보낸다는 결정을 큰오빠가 내렸다는 그 사실만이 두고두고 슬픔이 되는 것은 잠시라도 버림받은 것으로 오해되는 정서적 갈등 때문일 것이다.

초등학교 졸업 후 옥이네 집에서의 약 3년은 자잘한 노동에도 손가락 마디가 표 나게 굵어지는 신체적 성장기였다. 나의 손가락은 그때의 빠른 성장기에 나란하게 지금도 남다르게 굵게 마디져 있다. 어느 날 작은오빠 앞에서 내 굵은 손마디를 불평했다.

"너무 보기 싫어. 어쩌면 이렇게 굵을까! 창피해!"

그 말에 오빠는 빙긋이 웃었다.

"응, 원래 우리 집안이 뼈대 있는 집안이야."

나는 부모님이 주신 상속적 유산에 대하여 남다른 긍지를 지니고 있다. 오빠들 역시 우리 집이 뼈대 있는 집안이라는 긍지로 공부를 마쳤고 또 잘 살고 있으니 더 이상 감사할 말이 없다. 물론 어린 나이에 주어진 노동으로 표 나게 굵어진 나의 손가락 마디마디가 때로는 감추고 싶은 아픈 흔적이었던 시간도 있었다. 그러나 지금까지 내 생을 지켜준 우직한 좌표 중의 하나가 마디진 어릴 적 손가락이었음에 이제는 당당해진다.

간호보조원으로서의
첫 출근

옷가지를 싼 보자기 하나를 들고 큰오빠와 함께 백모님 댁에 들어섰을 때는 뜨거운 여름날이었다. 아버지께서 일본 유학을 떠나시기 전 공부를 하셨던 곳이기도 했던 집! 당시 백모님이 혼자 사시던 집은 키를 낮추어야 하는 작은 대문에다 마당 한쪽에 우물이 있어 정겨웠다. 그때까지 거의 뵌 적이 없었던 백모님은 남다르게 말이 적은 분이셔서 우리의 만남은 조용하기만 했다. 그러나 나를 당징에 데리오라 야난쳐 주시고 나에게 새로운 환경을 만들어주신 어른이라는 사실만으로 충분히 위로가 되었고 안도할 수 있었다.

백모님이 이듬해에는 나를 중학교에 입학시키겠다는 결정을 하신 후, 약 3년간 있었던 옥이네 집으로 중학교 입학금을 주실 수 있는지를 알아보는 편지를 보냈고 기꺼이 보내주겠다는 답장을 받았다. 3년의 세월을 투자하여 중학교 입학금을 마련한 셈이었다. 이때부터 나는 미국에서 박사 학위를 끝내는 순간까지 학업에 대한 모든 것은 스스로 해결한다는 원칙을 세웠다. 둘째 오빠가 편지로 일러준 것처럼 우리 형제들은 각자 자신의 길을 스스로 가야만 한다는 사실에서 막내라고 예외가 될 수는 없었다.

우리나라의 1960년대 당시는 누구라도 최선을 다해야 하는 허기진 시대였다. 때로는 가난이 서로에게 힘이 되고 격려가 되는 긍정의 시간이기도 했다. 절망의 경우에도 바닥 끝까지 닿아보겠다는 치열함만 있다면 보이는 것은 오직 희망뿐이라는, 내 백모님의 긴 삶의 여정이 나에게도 긍정의 힘이 되었던 전환기였다. 백모님은 당연한 일인 양 나를 중학교에 다니게 하셨지만 넉넉한 형편이 아니었다. 일단 입학할 학교를 야간 중학교로 정하고 낮에 일자리를 얻을 수 있는 방법이 무엇인지 찾아보았다.

우리 집은 경북대학교병원에서 도보로 약 7분 거리에 있었다. 그리고 때마침 우리나라 레프라 환자들의 아버지로 알려진 서순봉 박사님이 병원장으로 재직하고 계시다는 것을 알았다. 서 박사님이 우리 집 안의 방계 친척이 된다는 사실 하나만 의지하여 누구에게도 의논 없이 대학병원 원장실로 직접 찾아갔다. 그때 서 박사님 앞에서의 내 모습과 당시의 정경은 사진을 찍어둔 것처럼 선명하다. 기분 좋은 신선한 시간이었기 때문이다.

"저는 돌아가신 누구누구의 막내딸입니다. 오빠들은 모두 각자 공부하고 있습니다. 저도 이곳에 취직해서 야간 중학교에서 공부하고 싶습니다. 아저씨가 도움을 주세요."

나는 죽을힘을 다하여 그 생경함을 겨우겨우 참으면서 꾸물꾸물 용건을 말씀드렸다. 그런데 의외로 서 박사님은 참 훌륭하신 학자답게 아무것도 되묻지 않고 빙긋 웃으시더니 바로 전화를 거셨다.

"어이, 간호과장, 우리 아이 거기 좀 쓰소. 지금 그리로 보냅니다."

나는 그렇게 해서 그다음 날부터 대학병원 간호보조원 견습생으로 출근을 시작했다. 그날 나를 위해 전화를 해주셨던 서 박사님은 부모님을 데려가신 그 하느님에 비할 바가 아니었다. 내 생애 처음으로 가장 큰 취업의 선물을 손에 쥐여주신 실제 살아 있는 신이었다. 온 우주에서 가장 빛나는 모습의 자비로운 분이 서순봉 박사님이셨다.

박사님은 혹시 기억하실까? 내가 고등학교 2학년 학생으로 어느 해 크리스마스에 영덕군 지품면에 있는 나환자 정착촌을 방문하기에 앞서 자상한 설명을 주셨던 그때를!

"나균은 공기 중에 나오면 죽는다. 때문에 상처가 난 부위에 나균이 직접 닿는 밀착이 아니면 절대 일반인들에게 전염될 수 없지. 안심해."

그날 이후 박사님을 뵐 때면 왠지 중학교 때 책을 통하여 보았던 페스탈로치가 연상되곤 했다. 물론 팔순이 넘으신 세월에도 칠곡엠마병원의 레프라 환자들을 자원봉사로 진료해주시던 그 모습은 실제 페스탈로치와 다르지 않으셨다.

살아 있는 신이셨던 서순봉 박사님! 잠드신 그곳에서 평안하소서!

버스비 10원의 부족으로 얻은
긍정의 실체

대학병원 간호보조원으로 근무를 하면서 비교적 늦은 나이인 열다섯 살에 중학교 1학년으로 다니던 어느 일요일, 부족에 대한 값진 경험을 했다. 백모님의 심부름으로 버스를 타고 약 40분 거리에 있는 사촌 언니를 만나고 집으로 돌아올 때 일어난 일이었다. 주머니에 당시 30원으로 기억되는 버스비에 10원이 모자라는 돈만 남아 있음을 버스 정류장에서 알게 되었다. 내 앞에 선 버스의 차장에게 20원을 손바닥에 올린 채로 말없이 내밀었다. 그 행동은 버스비가 모자란다는 사실을 인정하면서 혹 호의를 베풀어줄 수 있는지를 타진한 것이었다. 내 손바닥의 20원을 확인한 차장은 버스에 태워줄 수 없다는 뜻으로 말없이 한 번 고개를 저었고 버스는 내 앞을 지나갔다.

다른 버스를 기다려 다시 똑같은 행동을 반복하지 않았다. 10원의 부족은 버스를 탈 수 없는 이유일 뿐이었다. 부족에 대한 정당한 가치를 공부한 귀한 순간이었다. 어떤 불평이나 불만 없이 곧장 집을 향하여 걷기 시작했다. 걸어가면 된다는 생각뿐이었다. 모자라는 돈으로 태워달라고 행동한 것이 부끄러웠지만 걸어갈 수 있다는 사실을 행동에 옮기면서 나는 아주 편하고 당당할 수 있었다. 그때의 공평했던 내 행동에 대한 기억은 지금도 소중하다.

만약 그 버스 차장이 나를 태워주었더라면 부족에 대한 정당한 개념을 배울 수 없었을 것이다. 나를 태워주지 않았던 그 차장은 부족에 대한 정당성을 가르쳐주었다. 그 기회는 부족은 불평할 내용이 아님을 일깨워 주었다. 그리고 그 차장은 모자라는 버스비를 동정하지 않았다. 이는 공평한 일이었고 직업에 충실한 모습을 보여주는 한 가지 방법이었다. 부족은 결핍이 가져올 수 있는 분노와 저항, 의존적 불평과는 다른 차원의 가치를 지니고 있음을 누구도 쉽게 배우지는 못한다.

부족은 그것에 어떻게 대응하는가에 따라 신나는 자유의지로 연결될 수 있음을 그때 배웠다. 부족한 10원은 내가 지닌 현실이었다. 현실은 현재가 중요한 것과 똑같이 중요한 나의 조건으로 수긍되었다. 왜 이렇게 가난한가, 혹은 왜 좀 태워주지 않는가 등등의 모든 부정적 생각에서 벗어나 있었다. 그것보다는 빠른 걸음으로 집을 향해 걸어가는 선택적 자유의지를 실행함으로써 나의 부족했던 10원은 귀한 체험의 선물이 되었다. 더 말할 필요도 없이 삶은 어떤 경우에도 정당할 수 있음을 지적해준 선물이었다.

아무리 생각해도 나는 참 기특한 열다섯 살 소녀였다. 그렇게 먼 곳에서 집을 향하여 노래까지 흥얼거리며 걷는 아이를 상상하면 지금도 마음이 즐겁다. 더구나 주머니 속에는 버스비로 쓰지 않은 20원이 남아 있었다. 그 돈이 부족했던 10원보다 더 많다는 것에 만족했던 그 긍정의 정신은 매력적이다. 하여 그때의 그 소녀를 지금도 몹시 사랑하고 아낀다.

복아,
너는 항상 웃는 얼굴이야

대학병원에서 일한다는 것은 참 즐거운 일이었다. 간호보조원 가운을 입고 의사 선생님들이나 간호사들이 원하는 일을 보조해주는 것은 어느 것 하나도 어렵지 않았다. 내가 어려운 일에 매달려 있는 것이 아니라는 그 사실이 나를 웃게 했을까? 어느 날 오후 인턴으로 계시던 강반 선생님이 마주 오던 나를 보자 친숙한 왕언니처럼 반가워하며 말을 건넸다.

"복아, 너는 항상 웃는 얼굴이구나! 난 너무 피곤해서 웃을 수가 없는데, 널 보면 항상 웃고 있어!"

사실 그 말씀이 있기 전까지 나는 내가 항상 웃고 있다는 사실을 몰랐다. 내게 일이 주어졌다는 사실만으로 행복했으므로 잘 웃고 다녔던 것이리라!

그런데 얼마나 좋은 말인가?

"항상 웃고 있구나!"

더구나 내가 평소 강반 선생님이 일하는 모습을 보면서 '참 멋지다!' 하고 마음으로 좋아했는데. 바로 그 강반 선생님이 그렇게 좋은 말로 내 존재를 관심 있게 보았다는 증거를 주시다니! 얼마나 기뻤던지! 그 날을 지금도 이렇게 기억할 만큼 강반 선생님이 좋았다.

늘씬하게 큰 키에 겨울에는 흰 가운 위에 두툼한 스웨터를 걸친 소탈한 모습도 너무 좋았다. 모든 일에 적극적이었고 키가 큰 모습 그대로 탁 트인 인품의 멋진 여의사셨다. 그때 그 스웨터 입으신 모습이 멋있어 보였기 때문에 내 연구실에도 강반 선생님이 입으셨던 것과 비슷한 투박하고 두툼한 스웨터를 두었다. 특히 겨울 밤 시간에 일을 할 때면 그 스웨터를 어깨 위에 걸친다. 그때마다 내 어린 시절의 강반 선생님을 떠올리는 것은 지금도 여전하다. 존경심을 갖게 하던 따뜻한 사람들과의 좋은 추억은 어떤 형태로든 생활 속에 녹아 나를 지켜준다.

중학생으로 난생처음 원하던 취직을 한 후 해가 바뀌면서 갈수록 주변 어른들은 강반 선생님처럼 나를 아껴주었다. 오후 퇴근 시간이 다가오면 어서 학교에 가라고 배려해주는 간호사 언니들로 인하여 시간은 언제나 내 편이었다. 사람은 누구나 거의 비슷할 것이다. 원하던 일을 가지면 게으름을 피우기보다는 신이 나서 일을 하게 된다. 그러면 보는 사람들도 자연 친절해진다.

나의 경우는 단지 간호사 언니들을 보조하고 의사 선생님들의 심부름을 하는 일이었음에도 주어진 일이 그저 즐거웠다. 아래위층으로 심부름을 다닐 때도 걸음은 경쾌하고 빨랐다. 내가 하는 심부름 중에는 무료 극빈 환자들에게 주어지는 의사 선생님들의 처방전을 들고 가서 원장 선생님의 사인을 받는 일도 포함되어 있었다. 어떤 날은 하루에도 여러 번 반복되었지만 중요한 일이었으므로 게으름을 부릴 수 없었다. 사인 때문에 위층의 원장실로 가고 올 때는 소리 나지 않게 뒷발을 들고 뛰어가기가 일쑤였고 원장님이 제발 방에 계시기를 간절히 바라곤 했다. 계시지 않으면 원장님을 찾아 병원 내 어디든 돌아다녀야 했는데 이런 일에는 시간이 걸렸다. 서명 받을 처방전이 많이 나오는 날은 아주 피곤하기도 했다. 그러나 그 일에 관한 한 습관처럼 빠르게 뛰어가곤 했다. 내가 빨리 서명을 받아야 극빈 환자들이 빨리 처치를 받을 수 있었기 때문이다.

나에게는 원장님에게 사인 받는 일과 관련된 좋은 기억도 참 많다. 당시의 원장님은 덕망이 하늘만큼 높았던 박희명 교수님이셨다. 박희명 교수님은 원장실 가기 전 복도에서도 내가 내미는 처방전에 그저 인자한 아버지처럼 단숨에 서명을 한 후에는 꼭 내 얼굴을 보고 웃어주셨다. 그래시 그 유명했던 내과학 교수, 박희명 박사님이 전혀 어렵거나 무섭지 않았다. 다만 어디서든 내가 원장 교수님을 만나기만 하면 마음 놓고 사인을 받을 수 있다는 사실은 나를 가치 있는 사람으로까지 높여주는 신나는 일이었다.

그래서 생각하곤 한다. 배우고 사랑받는 일은 반드시 어떤 조건을 지니고 있어야만 가능한 것이 아님을. 당시 주변 어른들이 보여주신 친절과 존경스럽던 모습은 어린 나를 자라게 하는 사랑이었다. 그리고 가족 같은 친밀함을 주던 그때 내 직장의 정서적 환경은 부모님이 모두 돌아가신 결핍의 흔적을 지우고 부족을 채우는 풍요의 마술이었다. 이유가 없어도 그저 사랑받고 존중받는다는 것을 확인할 때의 행복했던 정서는 오랜 시간을 두고 저장된 효소처럼 나를 휘감았다.

감사할 일은 참으로 많았다. 인턴을 마친 다음 해 봄 미국으로 떠나신다는 강반 선생님은 "나, 미국에 공부하러 간다" 하시며 열심히 공부하라고 내 등을 다독여주시지 않았던가!

강반 선생님, 언제나 그때처럼 건강하고 행복하소서! 겨울에는 스웨터도 멋지게 입으시고요!

주경야독의 청춘을
긍정할 수 있었던 그 다행함

　　대학병원에서의 간호보조원 생활이 즐거웠던 것은 오후 5시가 되면 학교로 갈 수 있다는 또 다른 희망이 있었기 때문이었다. 육체적으로 아무리 고단한 하루였다 해도 학교로 향하는 시간이 되면 마음은 새로운 미래에 닿아 있었다. 분명 행복은 어느 특정 지점에서만 얻어지는 결과물이 아니었다. 일하고 공부한다는 인식의 모든 과정이 그저 기쁨이거나 행복이었다.

　아무리 가닌한 시대라도 내 또래의 청소년들은 부모님의 보살핌을 받아 삶의 지혜를 쌓고 성장하는 것이 당연했다. 그러나 나는 다른 세상에서 독자적으로 살고 있었다. 부모님이 돌아가신 환경에서 주어지는 모든 순간에 충실함으로써 부모님의 부재를 채워야 했다. 나를 보살펴줄 부모님이 존재하지 않는다는 사실은 분명 공평한 일은 아니었다.

　당시는 산업사회 이전의 농경사회였고 모두가 그만큼의 빈곤을 감내해야만 했다. 그때는 자녀가 많다는 것은 농경사회의 노동력 강화를 의미하기도 했다. 자식이 곧 재산인 시대였다. 초등학교를 졸업한 많은 친구들이 등록금이 필요한 중학교 진학보다는 부모님의 뜻에 따라 가정으로 돌아갔다. 그때는 중학교 진학이 지금과 같이 의무교육인 시대는 아니었다.

그러한 시대적 곤궁함과는 별도로 부모님이 돌아가신 환경에서도 나는 좋은 곳에 취업한 상태였다. 그리고 미래를 꿈꿀 수 있는 학교에 다닌다는 사실은 주어진 현실을 긍정할 충분한 이유가 되었다. 지금이나 그때나 현재를 긍정하고 만족할 줄 아는 소박한 마음가짐은 돌아가시는 순간에 남기신 부모님의 소망과 사랑에 기인한 것일 것이다. 주어진 모든 일상의 생활이 오직 긍정의 바탕에서 시작되었던 것도 부모님이 남기신 바람을 저버리지 않아야 한다는 각오가 있었기에 가능했다. 그 결과로 내 기억의 가장 깊고 아늑한 곳에 지금의 세태와는 다른 '참선생님들'의 모습과 사랑을 얻었음을 고백한다.

하늘이 되어주신
내 어린 시절의 선생님

　　누구를 통해서든 매 순간 감사하는 긍정의 모습을 본다는 것은 유쾌한 경험일 것이다. 중학교 시절, 유독 선생님들로부터 많은 관심과 사랑을 받았던 이유가 일상에 묻어나는 나의 긍정의 태도에서 비롯되었다는 생각이다. 그 사실 이외에는 어떤 것으로도 설명이 되지 않는다.

　분석한 그대로를 이야기하자면 나의 얼굴은 예쁜 쪽이 아니다. 글씨도 악필이다. 때때로 사람들로부터 "너는 머리가 좋아" 하는 이야기를 들을 때마다 내가 꼭 사기꾼이 된 느낌이 들기까지 한다. 나는 내 두뇌가 좋지 않다는 것을 너무나 잘 안다. 나에게 현실은 긍정의 대상이지만 "너는 머리가 좋아" 혹은 "너는 좋은 사람이야" 하는 말을 들으면 "그건 아니다" 하고 강하게 부정한다. 사람들은 흔히 자기 자신을 모른다는 말을 하곤 한다. 그래도 나는 남들보다는 내가 나 자신을 많이 안다고 생각한다. 남들은 때때로 내가 나를 아는 만큼도 모르는 것이 사실이다. 내 두뇌가 명석하지 않다는 것을 나는 알지만 다른 사람들은 모르고 있다.

하긴 내 두뇌가 별로임을 그나마 눈치를 채는 사람이 없지는 않았다. 대학에서 교수직을 막 시작할 즈음이었다. 곁에 있던 어떤 분이 나에게 말했다.

"그 머리로 어떻게 학위를 받으셨어요?"

그 말을 들었던 상황은 전혀 기억에 없지만, 그 말은 잊지 않고 있다. 또한 그 말을 듣는 순간 나는 '아! 이분은 내 아둔한 머리를 알아차린 머리가 좋은 분이구나!' 하고 감탄했었다.

그런데 그렇게 못나고 명석하지 못한 나를 중학교 때 선생님들은 감당할 수 없을 정도로 예쁘게 보았고 격려와 칭찬만 주셨다. 누구보다도 손인웅 국어 선생님! 선생님께서는 3학년 겨울방학이 시작되고 크리스마스를 앞둔 어느 날 나에게 대본을 쓰게 하시고, 우리에게 연극반을 만들어 교내 공연을 하도록 주선하셨다. 내가 선생님에 대해 기억하는 많은 일 중에 한 가지는 그때 그 연극의 대본을 어떻게 나에게 맡기실 수 있었을까 하는 경이로움이다. 중학생인 우리에게 대본에 연출까지 스스로 하도록 지도하셨던 선생님은 '어떤 일도 하면 된다'는 가능성을 몸소 보여주신 선구자셨다.

고등학교에 진학 후 그 선구자 손인웅 선생님이 군에 계신다는 소식을 듣고 경북여고에 진학했던 중학교 때 짝꿍, 일명 수학 박사 옥희랑 선생님이 계신 곳으로 면회를 갔었다. 일요일 오후쯤으로 기억된다.

선생님은 아주 작은 방에서 우리를 맞으셨다. 그 방 한쪽에는 선생님이 야간에 그곳 산골 아이들을 모아 가르치는 낡은 교재가 쌓여 있었다. 내 눈에는 그 낡은 책들이 가난과 절망을 모아둔 쓰레기 더미처럼 초라해 보였다. 우리 선생님이 소용없는 일로 고생만 하고 계신다는 엉뚱한 생각이 들었다. 그래서 선생님께 내 생각을 중얼중얼 말씀드렸던 기억이 난다.

"선생님, 저렇게 낡은 책들을 모아 산골 아이들을 가르치는 건 고생만 되지, 무슨 가치가 있을까요?"

그러자 선생님은 말씀하셨다.

"한 사람씩이라도 어두운 골짜기마다 촛불을 밝혀 들면 모든 골짜기가 환해질 거야. 나는 그 촛불들 중의 하나를 밝히는 거야!"

마치 너도 하나의 촛불을 밝히라고 지시하시는 듯했다. '아, 그렇구나!' 하는 느낌이었고 선생님의 뜻을 쓰레기로 치부했던 내가 망치로 얻어맞은 기분이었다.

그때 느꼈던 선생님의 시대적 계몽 정신은 미망의 혼을 깨워주는 대단한 각인으로 남았고, 그것은 내가 고등학교를 졸업하자 섬으로 가서 아이들을 가르치겠다고 치기를 부리는 근거가 되었다. 그때 손인웅 선생님이 주셨던 그 말씀대로 살아오지는 못했지만 선생님의 지도자 정신은 감동으로 남았다. 하여 그때로부터 먼 후일, 지난날의 선생님에 대한 글을 써달라는 동창회의 원고 청탁을 받고 「하늘이 되어주신 선생님!」이라는 제목으로 글을 쓰기도 했다. 그리고 어느 날, 그 글을 보신 손인웅 선생님이 나에게 전화를 주셨다. 몇십 년 만에 들어보는 선생님의 목소리는 여전히 옛날 그때의 모습을 간직하고 있었다. "그래 아직도 결혼을 안 했어?" 하시는 말씀에 담긴 따뜻하고 온화한 선생님의 참모습은 변함이 없었다. 기억하건대 전화를 주시는 곳이 서울 덕수교회라고 하셨다. 교사직을 떠나셔서 이제는 원로 목사님이 되신 나의 손인웅 선생님! 선생님의 전화는 중학교 국어 시간에 선생님께서 읽어주셨던 푸시킨의 시를 떠올리게 했다. 나는 선생님이 우리에게 선물하셨던 그 시를 지금도 잘 외우고 있다.

생활이 그대를 속일지라도 슬퍼하거나 노하지 말라

슬픈 그날을 참고 견디면 기쁨의 그날이 돌아오리니

마음은 미래에 살고 현재는 언제나 슬픈 것

모든 것은 일순간에 지나가고

지나간 것은 또다시 그리워지는 것이리니!

국어 시간에 이 시를 외울 때는 선생님이 왜 이 엉터리 시를 소개하시는지 약간의 불만도 있었다. 생활이 나를 속이면 화를 내야 할 것 같은데 슬퍼하지도 노하지도 말라니. 가슴이 답답해지는 느낌이 왔고, 현재가 왜 언제나 슬픈 것인지 그때는 도무지 이해가 되지 않았다. 그러나 이제는 알 것 같다. 고난의 우리에게 위안이 되도록 그 유명한 시를 주셨다는 사실을! 그러나 나는 지금도 현재는 언제나 슬프다는 푸시킨의 말에는 동의하지 않는다. 나에게 있어 현재는 언제나 기쁨이기 때문이다.

그러나 그 시의 느낌이 어떠하든 나에게 용기와 배움의 참뜻을 가르쳐주셨던 손인웅 선생님을 더없이 존경한다. 나의 선생님이 되어주셨던 그때 그 시간에 대해서도 끝없이 감사드린다. 이 순간 기쁜 것은 모든 것을 잊어가는 나이에도 선생님을 통하여 외웠던 어린 시절 푸시킨의 시는 바위에 새긴 기록인 양 지워지지 않았다는 사실이다. 그래서 늘 한결같이 행복한 현재를 살고 있다고 말씀드린다.

나의 손인웅 선생님, 감사, 감사, 또 감사드립니다.

너를 알아보지 못하는 사람과는
결혼하지 마라

대부분 사람들은 바쁘게 산다. 바쁘지 않다고 하는 경우에도 다른 사람이 원하는 만큼 자신의 시간을 떼어내는 일은 어렵다. 이런 현상은 인간이 지닌 소유에 대한 태생적 집착 때문이 아닐까 생각해보기도 한다. 그런데 자신의 시간을 내어주고, 야학을 마친 시간에 혹여 넘어질까 손잡고 걸으면서 나의 장래를 살펴주시던 선생님이 계셨다.

중학교 때 공민 선생님이셨던 김방지 선생님은 큰 키에 머리를 길게 내린 분이었다. 그 환한 얼굴은 서구의 미인을 연상케 했다. 수업을 마치고 종종종 집을 향해 걷다 보면 어느새 선생님이 오셔서 내 손을 잡고 함께 걸어가는 일이 흔히 있었다. 그럴 때 선생님은 언니가 없는 나에게 언니였고 누구에게든 자랑하고 싶은 나의 수호신이었다.

"이렇게 멋진 선생님이 내 손을 잡고 함께 가고 있잖아. 까불지 마! 나도 빽이 있어!"

따뜻하던 선생님의 손은 그렇게 소리치고 싶은 나의 안전판이었다.

어느 일요일에는 선생님께서 댁으로 나를 초대하셨다. 그런데 선생님 댁에 갔을 때, 선생님 어머님이 그러셨다. 선생님은 언제나 잠이 모자라는 생활을 하신다고, 제발 잠을 좀 많이 잘 수 있으면 좋겠다고! 잠을 아끼면서까지 선생님의 시간을 내어주셨던 것을 알고 죄송한 마음이 들기도 했고 한편은 그토록 성실하게 살아가시는 모습이 멋있게 보이기도 했다. 이것은 후일 '잠잘 시간이 모자라도록 바쁜 것은 멋진 삶이다'라는 고정관념을 갖게 해주었다. 오직 나를 귀여워해주시는 선생님이 바쁘게 살고 계신다는 그 이유만으로!

그 선생님이 어느 날 별다른 설명도 없이 불쑥 하신 말씀이 있다.

"복아, 나중에 너를 알아보지 못하는 사람과는 결혼하지 마라! 사람들은 남의 일에 간섭하느라 자기 일을 못 해. 각자가 자기 일만 열심히 해주면 그것이 곧 애국하는 길이야!"

나는 그때 나를 알아보지 못하는 사람과는 결혼하지 말라는 선생님의 말씀이 별로 마음에 들지 않았다. 결혼이란 당연히 나를 알아보는 사람과 하는 것인데, 굳이 그것을 새겨듣도록 말씀하시는 선생님이 논리적이지 않다는 생각이었다. 그러나 애국에 관한 선생님의 말씀은 지금도 학생들에게 전하거나 혹은 생활 속에 새겨둔 일상의 원칙으로 삼고 있다. 지금 내가 가진 개인주의적 성향이 선생님 말씀에 깊이 공감하고 받아들인 것과 무관하지 않을 것이다. 나는 아주 철저히 단순한 생각을 지니고 있다. 정치가 잘못되고 있는 것은 올바른 정치 전문가가 아닌 사람들이 정치를 하기 때문이다. 대학 사회가 잘못되고 있는 것은 교수가 자신이 해야 할 두 가지 일, 즉 학생 가르치는 일과 연구를 소홀히 하기 때문이다. 나의 김방지 선생님이 말씀하신 것처럼 자신이 맡은 일에만 충실하면 그것이 곧 모두를 위한 애국의 길이 된다는 것은 성경이나 법구경만큼이나 진리이다.

어찌하였든 나는 평생 한 번도 결혼하지 않았다. 선생님의 말씀처럼 나를 알아봐 주는 사람이 없어서는 아니었다. 뒤에 쓰겠지만 나를 알아보고 결혼을 청하다 못해 상사병이 나자 그의 부모님이 아들을 살려 달라 매달리던 푸른빛의 젊은 날이 있었다. 지금도 김방지 선생님을 생각하면 끝없이 고맙고 감사하다. 그리고 선생님이 하셨던 말씀을 풀어보면 "복아, 너는 초라한 사람이 아니란다. 너는 귀한 품성에 사람들을 즐겁게 해주는 긍정의 매력을 지니고 있어. 그런 너를 알아보는 사람만이 너와 함께할 자격이 있다. 그 사실을 잊지 말고, 너를 귀하게 여겨라!"라는 의미를 담고 계셨다는 것, 이제야 새삼 이해가 된다.

김방지 선생님! 선생님이 주신 말씀대로 제 자신을 귀히 여김으로써 모든 사람을 귀하게 여길 줄 아는 사람이 되고자 노력합니다. 그래서 언제나 행복합니다. 밤길 손잡고 이끌어주신 사랑에 대하여 감사드리며, 그리워합니다.

골목길 어린이에게
존댓말을 쓰셨던 선생님

지금도 시인 푸시킨이 "지나간 것은 또다시 그리워지는 것"이라고 말한 이유를 정확히는 알지 못한다. 짐작건대 추억은 아름다운 것이라는 일반적 진리를 말한 것이 아닐까! 하지만 지나간 것이기에 그립거나 아름다운 것이기보다는 지금의 나와 연결되어 있기에 더욱 그리워지는 또 한 분의 선생님이 계신다.

아직도 농촌에서는 산에서 땔감을 장만하고 도시민들만 연탄을 사용하던 무렵이었다. 아수 잠시 우리 야간 중학교의 가정 선생님이셨던 강영미 선생님이 며칠 후면 미국 유학을 떠나신다는 소식을 들었다. 그 소식에 이어 선생님께서는 다음 날 댁으로 나를 부르셨다. 선생님에 대하여 아는 것은 대학에서 식품영양학과를 수석으로 졸업하셨다는 것과 독립운동가의 명문 집안의 자제이며, 형제들이 모두 박사라는 것 정도였다. '대학의 수석 졸업생이면 미국 유학을 갈 수 있구나!' 하고 마냥 선생님을 선망했다. 그런데 그 강영미 선생님께서 떠나시기에 앞서 나를 집으로 불러주셨다는 것은 신데렐라가 되는 것처럼 상상이 안 가는 대단한 일이었다. 많은 학생 중에 나 혼자만 그렇게 특별히 대접 받는다는 사실은 내가 대단한 사람이 된 것 같은 착각도 일으킬 만한 일이었다. 나는 다른 사람들과 어울리기보다는 혼자 있는 것에 익숙한 수줍음 많은 학생이었다. 그때도 선생님 댁을 방문하기는 했지만 수줍 음과 생소함에 기가 죽어 있었다.

다행히 나를 맞이하신 선생님께서 "지금 막 만들었다. 어서 먹어!" 하면서 내놓으신 갓 구운 과자를 보자 오그라들던 마음이 확 펴지는 것 같았다. 나를 기다리셨고, 또 나를 위해 과자를 손수 만들어주셨다는 눈앞의 사실이 죽어 있던 기를 살려주었다. 그래서 나는 그날 선생님 이 해주셨던 말씀이나 내가 지녔던 느낌까지도 잘 간직하고 있다.

"나중에 네게 어떤 일이 주어지든 그 일에 최선을 다하면, 행복한 사 람이 될 수 있어! 예를 들어 어떤 청소부가 청소를 할 때 자신이 하느 님의 땅 한 자락을 깨끗이 한다는 생각으로 맡은 일을 열심히 하면, 그 청소부는 행복한 사람인 거야!"

선생님이 주셨던 이 말씀은 아둔한 내 머리에 쉽게 콕 박히지는 않 았다. 선생님이 한국을 떠나시면서 내가 장래 좋은 사람이 되어야 한 다는 것을 깊이 새겨주고자 하신 그 뜻은 짐작이 되었다. 하지만 하필 청소부를 예로 들어주신 것은 마음에 들지 않았다.

새삼 다시 새겨보아도 그때는 분명 축복의 시간이었다. 강영미 선생 님은 그때는 미처 다 알지 못할지라도 보석처럼 평생 지닐 수 있는 삶의 방향을 손안에 쥐여주고 떠나셨다. 우리가 성취하는 직업이나 일의 가치는 그 일의 무게감에 좌우되지 않는다는 것을 그때는 알지 못했다. 타인의 눈에는 아무리 사소한 일이라 해도 그 일의 가치는 그 일을 하는 사람의 진실된 태도에 의하여 최고의 가치로 변화된다는 사실을 그때는 미처 알지 못했다.

시간이 지나면서 조금씩 알게 되었다. 그때 그 어린 시절, 강영미 선생님의 말씀과 정성은 인간 가치에 대한 최고의 인식이었다는 걸. 실제 그날 선생님은 먹고 남은 과자를 싸주시고는 골목길 끝까지 바래다주셨는데, 그 골목길에서의 선생님 행동은 지금의 내 행동이 되어 있다. 골목에서 선생님은 네 살쯤 되어 보이는 어린아이를 만나 이야기를 나누면서 그 어린아이에게 존댓말을 쓰셨다. 놀라운 충격이었다.

그렇지 않아도 하늘보다 높은 선망의 대상이던 선생님께서 그 어리디어린 꼬맹이에게 존댓말을 하시다니. 순간 나는 '아! 이렇게 행동해야 겸손한 것이구나!' 하는 각인이 되었다. 그 이후 지금까지 존댓말 쓰는 것은 습관이 되었다. 때로는 말을 좀 놓아주십사 하는 어린 학생들의 간청이 있지만 내 방식대로 살아간다. 처음 보는 경우에는 아무리 나이가 어려도 말을 놓지 못하는 것은 물론이고, 심지어는 조카들도 아주 오랜만에 만나면 저절로 존댓말이 나와서 어색하다. 세 살 버릇 여든까지 간다는 말이 딱 들어맞는 예가 되었다. 어색할 때도 있지만 좋은 버릇이라 생각하고 선생님께 감사할 뿐이다.

지금부터 약 10년 전으로 생각된다. 선생님이 해외에서 한국을 빛낸

여성 과학자로 어느 일간지에 소개된 기사를 읽었다. 선생님이 미국 식품의약국FDA에 계실 때가 아니었나 싶다. 그 기사는 선생님이 말씀하셨던 일상의 가치와 성실을 몸소 실천하신 당연한 결과였다. 강영미 선생님은 미국에 가신 지 1년 후, 내 생일에 손수건 한 장을 선물로 보내주셨다. 가게에는 그냥 가져다 먹기만 하면 되는 음식들이 너무 많아 편리하다고 하셨던 편지 내용과 함께 그 손수건은 선생님의 사랑을 새긴 추억의 자산이었다. 오랜 세월이 지나 선생님이 보내주신 그 손수건을 어디다 두었는지 아득하게 되었지만, 망사 질감에 네모진 한쪽에 작은 꽃망울이 수놓였던 그때의 손수건과 거의 같은 것을 사서 지니고 있다.

강영미 선생님과 함께했던 시간은 세월이라고 말할 수도 없는 짧은 순간이었다. 그러나 미국으로 떠나실 때 남기신 말씀은 반세기가 지나가는 세월에도 삶의 채찍으로 남아 있다. 오늘의 어린 학생들도 나의 강영미 선생님 같은 참선생님과 함께 공부하고 있을까 하는 의문이 들 때가 있다. 기초가 무너진 듯 삶의 가치가 흔들리는 현상을 보면 그때의 선생님들이 더욱 그립다.

강영미 선생님, 언제까지나 선생님을 기억하며 존경의 마음을 전합니다.

02

인연을 묶어주는
고리

병원 기록실 직원으로

야간 중학교 생활은 선생님들의 젊은 열정이 있어 모든 일상이 축복이었다. 그때의 선생님들은 생을 살면서 진정한 삶의 위로가 무엇인지 또 어디에서 찾을 수 있는지 그 방법을 가르쳐 주신 스승님들이었다.

고등학교에 입학하면서 대학병원 내 시료 병실의 간호보조원에서 기록실 업무 요원으로 전직이 되었다. 중학교 때 하던 일과는 판이하게 다른 일이었다. 심부름 중심의 간호보조원에서 정해진 업무를 수행하는 나름의 병원 기록실 직원이 된 것이다. 야간 고등학교 진학과 동시에 이루어진 이러한 병원 내 자리 이동은 개인적인 부탁이나 소망의 결과는 아니었다. 단지 어느 날 서무과장으로부터 기록실로의 자리 이동을 통보받은 것이 전부였다. 기록실은 점심시간에 책을 볼 수 있는 고정된 내 자리가 있는 곳이었으므로 종일 병원 내를 뛰어다니던 보조원 일에 비하면 더할 수 없이 안락한 일자리였다. '성실하기만 하면 모든 일은 마땅한 방향으로 잘 되어간다'는 교과서적인 교훈을 그대로 체험한 듯한 뿌듯한 경험이었다. 초등학교 졸업과 동시에 주어졌던 '아이 보는 조랑말' 일을 포함하여 세 번째 직업이 되는 셈이었다. 그런데 이 일은 병원에 들어올 때처럼 누구에게 취업을 부탁드린 선처에 의한 것이 아니었다. 관계되는 분들의 판단에 따라 획득한 일자리였다. 초조해하거나 무리하지 않아도 성실하기만 하면 좋은 방향으로 일이 되어간다는 사실을 확인할 수 있었던 것은 기분 좋은 일이었다.

그래서인지 지금도 어떤 일에든 실력과 성실을 앞서는 어떤 사회적 배경이 있어야 한다는 주장에는 전혀 동의하지 않는다. 중학교 때 선생님들이 말씀해주신 것처럼, 진실된 태도로 일을 한다면 결과는 좋은 쪽으로 이루어진다고 믿는다.

여자상업고등학교 야간부 1학년

중학교 때는 교내 시화전에 참여하거나 교내 백일장에서 장원을 하는 등 제법 문학소녀로 알려져 있었다. 그런데도 성향과 달리 고등학교 진학을 상업고로 택한 것은 수 계산이나 산수에는 젬병이라는 사실을 미처 생각하지 못한 성급한 결정이었다. 입학을 한 후에 알게 된 것은 주판을 전문적으로 사용하는 셈법을 배울 능력이 없다면 졸업이 불가능하다는 사실이었다. 초등학교 내내 웅변대회나 뭐나 하여 산수 공부를 한 적이 없고, 집에서도 내내 놀기만 했다. 이해력이 바탕이 되는 다른 과목들은 잠시만 공부를 해도 좋은 성적이 나왔지만, 산수는 기초 학습 없이 땜질이 되는 과목이 아니었다. 거기다 내 머리로는 수학 공부 자체가 감당이 안 되는 난제였다.

생애를 통하여 후회되는 것이 딱 한 가지 있다. 초등학교 때 여기저기 교실보다는 밖으로 불려 다니느라 산수 시간을 소홀히 한 일이다. 산수 학습장애가 있는 게 아닐까 하는 의심이 들 정도로 내 산수 실력은 열등의식까지 지니게 했다. 이런 경험은 때때로 내 강의실의 학생들에게도 전달된다. 어떤 경우에도 자신이 해야 할 그때그때의 기초공부를 소홀히 하고서는 자신 있는 인생을 살기가 쉽지 않다는 것을! 심지어 개혁가나 혁명가가 되고자 하는 사람의 경우에도 반드시 기초학습이 되는 역사와 전통에 한 발을 굳건히 딛고서야 가능한 것임을! 혁명이나 개혁이라고 하여 무조건 두 발을 모아 뛰기만 한다면 당연히 엉덩방아만 찧고 만다는 이야기로까지 전개한다.

어찌하였든 상업고등학교를 나와서 거상 김만덕과 같은 상업인이 될 수 있을지도 모른다는 막연한 희망은 오직 신기루였다. 주산 연습 시간에 주판을 손에 들기만 하면 구토를 할 지경에 이르기까지 했다. 여자상업고등학교는 손가락의 움직임이 눈에 보이지 않을 수준으로 주판알을 아래위로 올리고 내리면서 모든 계산을 능히 해내는 직업인을 양성하는 매력 있는 학교였으나 나에게는 오직 탈출해야 할 감옥이었다.

아! 나의 영원한
담임 선생님

중학교 때와 달리 고등학교 입학 후, 한 학기가 채 지나기도 전에 학교 다니기가 벅차고 재미없어지기 시작한 것은 당연한 일이었다. 우수한 사람은 더 많은 능력을 요구받을 때 진가를 발휘하지만, 학기가 지날수록 나는 셈하기 능력의 한계로 인하여 나락으로 떨어지고 있었다. 여자상업고등학교였지만 다행히 국어 선생님은 학생들을 위한 거리 시화전을 개최하는 등 학생들의 문예 활동에 열정이 있으셨다. 그러나 학교생활 자체가 고통이었으므로 내 시가 전시된 시화전 행사에도 흥미가 없었다. 결국 국어 선생님은 담임 선생님께 내가 시화전 행사에 얼굴을 내밀지 않은 딱 한 사람이었다는 사실을 알렸는데, 결과는 가히 효과적이었다.

고등학교 1학년 때 담임 선생님은 나에게는 공포인 수학 담당이어서 자격지심이 있었다. 그러나 선생님은 내 수학 성적보다는 오히려 내 문학적 소양을 더없이 아끼셨다. 담임 선생님이 나의 시화전 불참으로 화가 나셨던 그날 공교롭게도 입학 후 처음으로 지각을 했다. 조심스럽게 교실 문을 여는 순간 마침 첫 시간 수업을 하고 계시던 담임 선생님 목소리를 들었다.

"앞으로 나와!"

그 순간 나는 지각 때문이라고 생각했다. 내 자리에 가방을 두고 앞으로 나갔다.

"두 손 내!"

선생님이 지시봉으로 쓰시는 막대기가 한 번 부러졌고, 두 번째 부러지자 선생님은 말씀하셨다.

"왜 국어 선생님 말씀도 무시하고 시화전에도 안 간 거야! 들어가!"

그리고 선생님은 나에게 단호한 말씀을 남기셨다.

"오늘 일을 잘 삭이면 평생 우리는 잘 지낼 것이고, 아니면 원수가 될 수도 있을 거야!"

사실 그날 담임 선생님이 주신 손바닥의 고통은 저절로 눈물이 주르륵 흐를 만큼 강도가 셌다. 그 고통은 선생님께서 그토록 나를 아끼신다는 징표였다. 그날 이후 지금까지 나를 아끼고 보살피는 내 일상의 담임 선생님으로 계신다. "한 번 해병은 영원한 해병이다"라는 말과 같이 그때의 담임 선생님은 변함없이 나의 영원한 담임 선생님이시다. 때로 자랑을 한다. 나에게는 "밥이 없어요" 하고 말만 하면 언제라도 배부르게 밥을 주시는 선생님이 계신다고!

인문계 고등학교로 전학

고등학교 1학년 때 담임 선생님은 리더십이 강한 분이셨다. 학생들을 올곧게 잡아주시는 선생님의 열정에는 남다른 카리스마가 있었다. 1학년을 마치고 선생님은 인문계 고등학교로 전학을 주선해주셨다. 학생에 대한 담임 선생님의 관심이 없었다면 나의 고등학교 생활은 고통 중에 중단될 수도 있었을 것이다. 담임 선생님은 학교 당국의 반대를 무릅쓰고 나에게 인문계 고등학교라는 날개를 달아주셨다.

더구나 전학 간 학교는 전국에서 문예반 활동만으로도 명문이 된 원화여자고등학교였다. 역시 야간부가 있었기에 안성맞춤이었다. 원화여고는 우리나라에서 마음 가꾸기 글쓰기 교육의 정상에 서 있었다. 온몸으로 학생들을 사랑하신 국어학자 이응창 교장 선생님의 혼이 교정에 가득했다. 특히 국어 교사들의 구성은 쟁쟁한 이력의 국어학자와 소설가, 시인들이 주축을 이루었다. 시조시인 정재호 선생님께 국어를 배웠다. 전국 고등학생 백일장 대회에서의 상장과 트로피는 교장 선생님이 직접 교장실 진열장에 두셨다. 그때의 이응창 교장 선생님의 모습이 역사의 끝자락처럼 아득한 언덕으로 떠오른다.

3학년 가을, 역시 전국 대회인 신라문화제에서 장원을 한 이후인 것으로 짐작된다. 서라벌예술대학 문예창작과에 전면 장학생으로 입학하지 않겠느냐는 제안을 받았던 적이 있었다. 당시는 지금은 고인이 되신 소설가 김동리 선생님이 문예창작과 학과장으로 계실 때였다. 못된 송아지 엉덩이에 뿔이 난다는 말이 있다. 대학 입학에 관한 한 대책이 없던 주제에 문예창작과 초청 입학에 응할 생각이 없었다. 당시의 담임 선생님이 기회를 놓치는 것에 대하여 많이 아까워하셨지만 이미 엉덩이에 뿔이 난 몹쓸 상태였다. 초등학교 때부터 학교에 다녀야 하므로, 교복을 입었기 때문에 선생님들의 말씀대로 이곳저곳으로 불려다녔지만 교복만 벗으면 자유를 찾겠다는 엉덩이에 뿔 난 생각뿐이었다. 그리고 분명한 것은 정말 글을 쓸 천부적 재주는 없는 것 같다는 걱정이 있었다. 글을 쓴다는 것, 특히 작가가 된다는 것은 반드시 타고난 재능이 있어야 한다는 내 지론에는 변함이 없다. 고등학교 시절은 모든 학생이 문학소녀가 된다. 누구나 되는 그 범주에 머물러 있었을 뿐 그 이상의 재능을 확신할 수 없었다.

그러나 때때로 '운명이 바뀔 수 있었을까?' 하고 생각해보면 재미있다. '그때 김동리 선생님 문하에서 창작을 공부했더라면, 지금 혹 작가로 살아갈 수 있었을까?' 하는 물음은 작가의 위대성에 대한 동경인가 싶다. 그리고 지나간 것은 그리워진다는 푸시킨의 시가 떠오른다.

나를 알린
최초의 글

원화여고에는 오직 문학에의 열정만으로도 세상을 기쁨으로 채우시던 작가 김원중 선생님이 계셨다. 문예반과 교내 신문 주간을 담당하시던 선생님은 내게 잠시 신문실에서 일할 기회를 주셨다. 그때 교내 신문에 내보낼 짧은 명언들을 모으는 일을 했다. 지금도 잘 간직하고 있는 고등학교 때 앨범에는 그때 모았던 명언들이 남아 있다. 그중에서 유독 아끼고 외웠던 명언은 괴테의 명언이다. "눈물과 함께 빵을 먹어보지 않은 자는 생의 맛을 알지 못한다"라는 내용에 빠져 있었다. 마치 나를 이야기한 것으로 착각한 것이다.

누구인들 눈물과 함께 빵을 먹고 싶을까! 나 역시 절대로 울면서 빵을 먹지도, 먹고 싶어 하지도 않는다. 심지어 빵이 없으면 굶을지언정 울면서까지 빵을 구하지 않는 쪽이 훨씬 세련된 태도라고 생각한다. 그럼에도 불구하고 울면서 빵을 먹는 것이 대단한 일로 보였던 것은 소녀적 청춘의 치기였다. 나처럼 혼자서 빵을 해결해야 하는 것은 선택

받은 자의 귀한 생활이라는 보증서를 괴테가 만들어준 격이었다. 모든 서러운 일상들을 가치 있는 정서로 지니고자 했던 눈물겨움이 괴테의 명언에 매달리게 했을 것이다.

실제에 있어 자기 삶의 보증서가 될 만한 명언을 간직하는 것은 현실적으로 대단한 가치가 있다. 고등학교 때 발견한 괴테의 명언이 있었기에 눈물 젖은 빵을 먹는 경우에도 그 상황은 긍정적인 삶의 위안이 되었으므로!

문예반 활동을 열심히 했던 원화여고 재학 시에 있었던 또 다른 한 가지 기억은 생애 처음으로 정식 데이트 신청을 받았던 일이다. 자신을 세상에 드러내는 방법은 다양하다. 대부분 얼굴을 통하어 자신을 드러내지만 목소리와 공개되는 글쓰기도 자신을 소개하는 방편에 속한다는 것을 깨달았다. 나의 경우는 얼굴보다는 목소리를 활용하는 편이다. 그럼에도 우연히 글로 소개된 경우가 발생했다.

1966년 5월 8일 어버이날을 며칠 앞둔 고등학교 수업 시간이었다. 담임 선생님께서 신문기자가 와서 기다리고 있으니 어버이날 신문에 발표될 시를 하나 당장에 쓰라는 명령을 하셨다. 즉시 수업 중에 다음과 같은 시를 써드렸는데 지금도 여전히 성업 중인 일간지 〈영남일보〉 1966년 5월 8일자 지면에 실렸다.

어머니날에 이 마음을 드립니다.

－원화여고 이상복

어머님,

칸나보다 짙은

당신의 따가운 사랑을 소중히

빗줄기가 창을 흘러내릴 때마다

아가는

당신을 그립니다.

언제고 헛된 꿈을 나무람 없이

성깔진 울음에는

눈자위를 눌러주시던 손가락 마디마디,

고집스레 바둥거릴 때는

당신의 가슴에 저를 껴안았습니다.

이제 또

창 앞에 날이 개고,

어머님,

당신을 닮은 뼈마디가 굵어갑니다.

오월 벅찬 환희에 꽃 이파리가

파르르 떨리듯

아가만을 생각하는 당신의 넋이

오늘도 새벽을 가옵니까?

못다 아뢸 소원을 다듬어

소담한 꽃을 피우는 날

가슴 깊숙이 간직한 당신의 사랑을

내일이 밝아올 새벽까지

쉬임 없이 삭이어 가렵니다.

위의 시로 인하여 나에게 데이트 신청을 한 편지 한 통이 있었다. 발신인은 군대에 복무 중인 육군 장교였다. 당시만 해도 여고생이 정식 데이트 신청을 받는다는 것은 이변에 속하는 보수적인 시대였다. 비교적 정중하고 예의 바른 청년 장교임을 드러내는 편지글이었지만 답장을 할 수 없었다.

나는 시대보다 더한 전통 보수주의자였고, 편지의 내용으로 보아 시를 쓴 사람을 교사라고 오해해 데이트 신청을 한 것으로 파악되었기 때문이다. 따지고 보면 신문사가 내가 학생임을 밝히지 않았던 결과, 데이트 신청 중개인 역할을 해준 모양새가 되었다. 잘못 전달된 편지글에 답장을 보낼 수 없는 상황이 되었지만, 그 시가 어떤 사람의 마음을 움직였다는 사실만은 기뻤다. 그 데이트 신청은 글을 통하여 나를 소개한 최초의 징표를 남겼기에 다시 떠올리게 된다. 지금도 그때의 시를 읽으면, 백모님께서 들려주시던 내 어머님의 모습을 그리면서 시를 썼던 그 소녀를 만나게 된다.

삶의 원칙을 세워준
C-46 탑승 경험

한국 최고의 대학에 입학원서를 낸 것은 뭐든 하면 되더라는 단순 경험에 기인한 것이었다. 그런 요행은 입학시험과는 상관이 없다는 사실을 몰랐다. 서울 상경을 시도한 순간 맛본 낙방이라는 좌절은 "너 자신을 알라"라는 격언을 깊이 새기게 한 값진 경험이었다. 격언이 그냥 있는 게 아니었다. 수학 시험에서 0점을 받을 수도 있는 내 상태를 진작 알았어야 했다.

입시일에 맞추어 서울로 가는 차표 구하기는 하늘의 별 따기였다. 그 별을 고등학교 1학년 때 담임 선생님께서 따다 주셨다. 선생님께서는 K-2 공군기지에서 그날 서울로 가는 C-46 수송기를 탈 수 있도록 아주 특별한 주선을 해주셨는데, 낙방으로 뵐 면목이 없었다. 다만 그때의 수송 비행기 탑승 경험은 내 조국에 대한 새로운 생각을 챙기게 했다.

생전 처음 비행기 위에서 내려다본 우리의 산들은 완전 민둥산이었다. 온통 빨갛게만 보였던 민둥산의 슬픔도 현재의 푸른 산을 보면 위안이 된다. 그때의 민둥산은 국제학회 나들이를 할 때마다 비행기에서 내려다보는 오늘날의 푸른 산과는 다른 슬픈 심연이었다. 그 민둥산들은 우리나라가 겪는 가난의 표식이었기에 생각 없는 나에게도 조국의 모습은 아팠다.

나의 영원한 담임 선생님이 주선해주신 C-46 탑승은 조국이라는 이름만 들어도 눈물이 맺히는 알 수 없는 연민으로 왔다. 어머니가 큰오빠를 학도병으로 참전시킨 동기도 조국애였다. 그 조국에 대한 애정은 우리들 뿌리에 대한 처연함이 되었고 대를 이은 나에게도 꿈틀거렸다. 유학 시절에 셋째 오빠가 해외 출장길에 전화를 한 적이 있었다. 필요한 돈을 보내주겠다고. 그때의 응답은 민둥산에서 보았던 내 조국의 가난과 연결되었다.

"한 해 예산을 다 해도 미국에서 인공위성 하나 만드는 수준도 못 되는 그 작은 나라의 돈을 왜 갖다 써요. 이 큰 나라에 와서 한국 돈을 갖다 쓰진 않을 거예요."

혈육에게는 서운한 응대였지만 내 조국의 민둥산이 보여준 슬픔이 지워지지 않고 있었다. 비행기를 태워주신 선생님의 사랑과 배려는 불합격으로 인하여 죄송함이 되었으나, 얻어진 깨달음도 있었다. 미안한 불편함에서 자유롭기 위해서는 스스로 모든 것을 충족시킬 노력이 필요하다는 사실이었다. 다른 사람의 힘을 빌려 내 부족함을 채우면 그만큼 미안해해야 한다는 것을 체험했다. 현재는 생리적으로 개인주의

(이기주의가 절대로 아니다)로 무장된 사람이 되었다. 개인주의는 자신의 의무에 최선을 다하고 철저하다. 불필요하게 다른 사람의 일을 간섭하지도 간섭받지도 않는다. 이것은 내 삶의 원칙이다.

한번은 서울에서 입학시험을 치르고 발표를 기다리고 있는 시점에 오빠들이 주고받는 고마운 이야기를 우연히 들었다. 셋째 오빠까지 나름대로 대학 졸업 후 안정된 생활을 시작했던 때로 기억된다. 특히 둘째 오빠는 "내가 막내의 대학 등록금을 책임진다"라고 했다. 그때 생각이 들었다. '오빠들은 누구에게 돈을 받아서 공부한 것도 아니면서 왜 나만 달라야 하나! 나도 장학생이 되어 내가 해낼 거야!'

후일에도 혈육이나 주변으로부터의 이떤 도움도 거절했다. 어느 날은 셋째 오빠가 "정말 너 같은 별난 아이는 처음 보겠다!"라며 벼락같이 소리를 쳤지만, 도움의 함정에는 빠져들지 않았다. 주변으로부터 내 독자적 자유를 지키기 위해서는 눈앞의 호의에 냉정해야 했다. 혈연의 사랑은 절절한 세월만큼 깊고 따뜻했다. 그러나 그 사랑의 보호막에 갇힌 포로가 되어 내 자유를 구속당하고 싶지 않았다.

혈연의 도움으로 대학을 마치고 또 유학까지 했었다면, '결혼을 해야 한다'는 요구까지도 거절할 수 없었을 것이다. 세상 모든 인간관계는 주고받는 관계라고 하는데, 특히 혈연의 경우는 속수무책으로 당하기 십상이다. 자칫하면 그 사랑에 치여 죽을 수도 있음을 안다. 막내는 도움받는 약자여야 한다는 협박에도 자유의지를 수호하기 위한 나의 의지는 확고했다.

낙도에 가서
그 섬의 아이들이랑 살겠다고?

서울 상경 일이 일단락되자 나름대로 장래를 결정했다. 낙도에 가서 그곳 섬 아이들을 가르치며 살겠다는 결심이었다. 섬에서의 생활 자금은 그간 저축한 대학 입학금이 있었다. 입학금으로 돼지와 닭을 키울 계획이었다. 돼지와 닭을 사육하는 농장도 견학하며 바쁘게 다녔다. 그렇지만 내가 직접 그 일에 뛰어들지 않고 몇 마디 말을 듣는 수준에서는 자신감이 서지 않았다. 하여 집에서 약 두 시간 거리에 있는 닭 사육 농장에 가서 자원봉사를 하며 실제를 익힌 후에 섬으로 떠나리라는 결정을 했다. 바로 그날쯤으로 생각된다.

2차 대학 입학원서 마감 하루 전, 셋째 오빠는 내가 2차 원서를 제출할 생각이 없다는 것을 알았다. 얼굴을 마주한 오빠는 섬으로 가겠다는 내 계획을 듣고 참담해하는 표정이었다. 화가 나서 나를 설득하기 시작했다. 처음에는 모든 사람이 그러하듯 자신과의 관계가 주제가 되었다.

"내가 앞으로 얼마나 출세를 할지 모르는데, 하나뿐인 여동생이 고등학교만 졸업했다는 이야기 듣기 싫다!"

그때도 그런 이기적인 이야기에는 동의하지 않았다. 내가 하는 일이 다른 사람의 출세에 영향을 준다는 것은 억측일 뿐이라고 생각했다. 다음은 좀 더 객관적 관점에서 접근하면서 내 자존심을 긁었다.

"자, 여기 열 명을 내 앞에 세워놓고 오직 책가방만 들고 대학 교문만 4년간 왕래한 사람이 꼭 한 명 있으니 찾아내라고 하면 정확하게 찾아낼 수 있어! 그만큼 대학 4년의 세월은 중요한 거야! 고등학교 졸업생이 어떻게 섬 아이들을 가르친다는 거야! 대학 나와서 섬으로 가는 것은 말리지 않아!"

고등학생과 대학생은 다르다는 설득은 내 초라한 현재를 발가벗기고 있었다. 내 자존심을 향한 경고였다. 겨우 고등학교 졸업생에 불과한 미성숙을 스스로 인정해야 하는 또 다른 패배였다. 그날 〈대구매일 신문〉에 특집으로 실린 역학자 백운학 씨의 우리나라 새해 운세 풀이를 보았다. 그리고 기사 말미에 있는 그분의 주소를 들고 오후 늦게 집을 나섰다. 신문에 소개된 분이면 내 운명쯤은 해석해줄 것이라는 믿음이 있었다.

대학을 가야 하는지의 내 운명을 상담해보자는, 난생처음 시도하는 계획에 없던 일이었다. 주소에 있는 사무실은 일본 가옥의 2층이었는데, 쭈뼛거리며 조심스럽게 문을 열었을 때 마침 역학자 선생님 외에는 아무도 없었다.

방 안으로 들어서는 순간 나를 보고 "착하구나" 하는 선생님의 혼잣말에 실망했다. 나는 착하지 않은데 착하다고 하는 것을 보니 엉터리가 아니신가 하는 의심이었다. 자리에 앉자, 내 이름을 李相婀(아리따울 아)로 고쳐서 한지에 써주면서 호적을 고칠 수 없다면 옷깃에도 새기고, 많이 사용하라 했다. 마침 고쳐준 이름이 예뻐서 지금까지 나의 사적인 이름으로 '이상아'를 쓰고 있다. 대학에서 교수직을 시작하면서도 학생들에게 첫 시간이면 내 이름은 '영원히 이상적인 아이'라는 의미에서 '이상아'라고 소개했다. 시험지에 '이상아 교수'라고 쓰는 학생은 1점을 더 준다는 인센티브까지 내걸고 사용을 권장했다. 그러나 오랜 시간 논문이나 저서를 통한 공적인 노출이 일상화되면서 '이상아'라는 이름 사용에 인센티브를 주는 일도 퇴색되었다. 그러나 오래전 친구들이 "상아야!" 하고 부르는 소리를 들으면 어린 청춘을 보는 정감에 빠져든다. 특히 나의 영원한 담임 선생님이 "이 교수" 하시는 대신 "상아야" 하실 때는 그 세월의 친근함에 마음까지 따뜻해진다.

그때 역학자 선생님은 언제 태어났는지 등의 정보를 묻지 않았던 것 같다. 그럼에도 관상에 의한 것인지, 몇 가지 말씀을 친절하게 해주셨다. 그중에서 중요한 것은 "앞으로 많은 사람을 거느릴 거야!" 하는 이야기와 "결혼은 늦게 하는 게 좋다. 결혼하면 남자가 출세를 하게 될 거야" 하는 이야기였다. 내가 딱 한마디 여쭈어본 것은 "결혼은 꼭 해야 되나요?"였다. 이 질문에 웃으시더니 "왜, 김활란처럼 되려고!" 하는 말로 끝을 냈기 때문에 정말 결혼을 하지 않아도 되는 것인지는 석연치가 않았다. 아직 한 번도 결혼하지 않았으니 독신이라는 것만큼은 김활란 박사님과 마찬가지라고 할 수 있겠다. 그 역학자 선생님은 일생 꼭 조심해야 한다는 당부도 주셨다. "다른 사람이 필요하다고 하면 팬티까지 벗어주는 성격이니 앞으로 30, 40, 50, 60세에 들 때 특히 조심하라"고. 이 조심하라는 당부는 삶에 참조된 적이 없다. 자초하여 곤궁에 처한 경우가 여러 번 있었지만 그때마다 새로운 기회를 얻는 계기가 되었으므로 조심하라는 이야기는 스치는 바람이었을 뿐이다.

대학 생활의 시작과
병아리 50마리

고등학교를 졸업한 실력으로 작은 섬에서 아이들을 가르치며 살겠다는 결심은 접어야 했다. 당대의 역학자가 말해준 "사람을 많이 거느린다"는 내 팔자에 맞추자면 대학 졸업은 필요 사항인 듯했다. 상담비는 마다하고 문을 열고 나오는 등 뒤로 처음 들어설 때와 똑같이 "착하다!"라는 한마디가 들렸다. 그때의 '착하다'는 말은 이기적인 성품을 착하게 바꾸어 살라는 뜻으로 들렸기에 삶의 족쇄처럼 여겨졌다. 어쨌든 대학 진학을 결심하게 된 것은 오빠의 내 자존심 파괴 작전과 사람을 많이 거느리는 팔자라고 일러준 역학자와의 상담이 결정적이었다.

원서를 내면서 가정 형편으로 대학을 포기한 고등학교 친구를 설득해 함께 시험을 보았다. 열등한 나만 합격이었다. 그 친구의 학교 성적은 항상 나를 앞질렀음에도 결과는 정반대가 되었다. 책임진다고 큰소리쳤지만 별 대책이 없었던 내 처지를 하늘이 돌보신 것인지 이해할 수 없는 경험이었다. 이 경험으로 삶은 예상을 불허하는 수수께끼 같다는 느낌에 방점을 찍었다. 또 한 가지 수수께끼는 나의 결혼이다. 역학자 백운학 선생님은 내가 결혼을 하면 남편이 출세를 하게 된다고 했는데 결혼을 해보지 않아서 검증해볼 수 없었다. 이 점이 그 친구의 일처럼 아쉽다. 하긴 아직도 살아 있으니 죽기 전에 검증을 할 수 있을지 도……. 삶은 진짜 수수께끼로 보인다.

대학 입학은 전면 장학금 쟁취를 위한 전쟁의 시작이었다. 고등학교 때까지 주경야독으로 학업을 책임진 것과 같은 선상에 있었다. 하여 강의 시간이면 맨 앞자리는 나를 위해 비어 있었다. 야구 경기에서 날아오는 공에만 집중하는 타자들처럼 교수님들의 색다른 가시치기 설명까지 낱말 하나 소홀히 하지 않는 집중력 덕분에 성적을 모두 A 학점으로 채울 수 있었다. 그리고 나의 영원한 담임 선생님이 연결해주신 어느 장군님 댁의 가정교사 자리도 거절할 수 없어 병행했다. 산수 실력 때문에 초등학교 상급반이면 문제가 되었겠으나 마침 저학년이었다. 그러자니 대학 생활은 걸으면서 잠을 잔다는 병사들처럼 틈이 없었다.

그 와중에도 내 자존심은 꿈을 포기한 사람이 되는 것을 허락하지 않았다. 대학 입학 첫날, 섬 생활에서 하고자 했던 닭 키우기를 시작했다. 갓 부화된 병아리 50마리를 사서 섬 대신 도시의 닭으로 만들고자 한 시도였다. 다행히 이 황당한 발상을 백모님이 여유 있는 미소로 긍정해주셨으므로 별다른 문제는 없었다. 때마침 우리 집 뒤편에 몇 평의 공간이 있었기에 닭이 자라면 들어갈 케이지를 사서 먼저 설치를 했다.

그러나 병아리를 본 적은 있어도 키워본 경험은 없었다. 궁리 끝에 농촌지도소에서 한 장으로 된 병아리 사육 포스터를 구했다. 그 포스터는 부화된 순간부터 먹이 주는 방법과 종류, 부화 후 일주일간 병 예방을 위해 마이신 먹이는 방법까지 모든 것을 지도해주는 교과서였다. 그 포스터를 내 방 벽에 붙여두고 한 치의 오차도 없이 이행했다. 한 가지 수반된 것은 병아리들을 향한 나의 애정이었다. 50마리의 병아리는 커다란 종이 상자에 살면서 내 방을 지켰다. 3월이지만 추운 봄이라 전등을 상자 안까지 내려두었다. 병아리 먹이 시간은 칼같이 지켰다. 학교에서 점심시간이면 숨 가쁘게 달려와 물과 먹이를 주고 다시 학교로 가는 생활을 반복했다.

내 방에서의 병아리 50마리 키우기는 섬에서 키웠더라도 잘 키울 수 있었겠다는 확신을 준 완벽한 체험이었다. 오직 한 마리가 물그릇을 받쳐놓은 돌에 치여서 죽어 있던 날이 있었다. 지금도 그날을 기억하면 슬프다. 나의 관리 소홀로 한 생명이 죽었다는 자책으로 대문가 나무 밑에 묻어주면서 많이 울었다. 병아리가 성계가 되었고 알을 낳으면서 집에서 먹고 남는 계란은 이웃과 아는 분들께 나누어드렸다. 처음 받았던 계란은 새알보다는 조금 큰 앙증한 모양이었다. 시간이 가면서 굵은 계란을 낳았으나 계란을 생산하는 닭들의 청춘도 끝이 나고 있었다. 닭들의 삶도 인간이 겪는 생로병사의 여정과 다름이 없었다.

어느 날부터 닭들은 늙어 알을 낳지 못했고 폐사를 해야 하는 순간이 왔다. 나의 꿈을 실현시켜주었고 정성과 애정으로 자란 닭들이었다. 차마 한 마리도 우리 집에서 죽게 할 수는 없었다. 폐사에 이른 닭들을 이웃과 가까운 곳의 친지분들께 나누어드리는 것으로 섬 생활로의 적응 실험을 도시에서 성공리에 마감했다.

이 병아리 50마리 키우기에서 얻은 중요한 결과는 세 가지이다. 첫째는 세간의 사람들이 교과서를 불신하는 일이 다반사인데, 교과서대로만 하면 반드시 성공한다는 사실이다. 농촌지도소의 포스터 교과서를 그대로 따른 결과 완벽하게 성공했다는 사실이 이를 증명한다. 누군가가 어떤 일에 실패했다고 한다면 이는 교과서대로 하지 않았기 때문일 것이다. 오늘날 회자되는 "진실은 통한다"라는 말을 "교과서는 통한다"라는 말로 바꾸어도 좋을 것이다.

둘째는 병아리 키우기 사업은 밑지는 장사가 아니라는 것이다. 물론 나의 병아리들이 커서 낳은 계란을 돈을 받고 팔거나 하지는 않았다. 그간의 모든 경비를 뽑아보고 닭이 낳은 모든 계란과 폐사 닭을 시가로 계산한 후 정산을 해보았다. 틀림없이 남는 장사였다. "장사꾼이 밑지고 판다는 말은 거짓말이다" 하는 세간의 말에 한 표가 갔다. 어떤 경우에는 밑지는 장사도 있을 것이다. 다만 교과서대로만 한다면 "밑지는 장사는 없다".

세 번째는 사람들은 변화에 관한 한 기억 불균형에 빠진다는 사실의 확인이었다. 닭을 키워서 그 계란을 나누어주고 폐사 닭도 나누어줄 수 있었던 때는 대학 1학년 청춘이었다. 오직 순수한 열정만 살아 있을 때였다. 당연히 나 역시 세월 따라 나이를 먹는 삶을 살고 있다. 그런데 어느 날 그 계란을 꾸준히 나누어 받았던 아저씨 한 분이 불쑥 서운하다는 말씀을 하셨다. 중학교 교사 생활을 하던 때였다.

"이 선생, 옛날에는 닭을 키워서 계란도 나누어주고 그러더니만, 선생님이 되더니 아무것도 안 주요?"

나를 만나자 벼르고 있던 괘씸했던 생각을 표현하는 듯 보였다.

그 아저씨의 말씀은 일종의 질타였다. 그 어려운 시절에도 닭을 키워서 계란을 나누어주더니만 선생님이 된 지금은 왜 아무것도 주지 않느냐는 꾸지람이었다. 옛날에는 착했는데 성장하면서 나쁜 사람으로 변해버렸다는 지적을 받은 것 같아 그저 먹먹했다.

최근에야 깨닫는다. 사람들은 각자의 관점과 시간에 따라 주어진 보상을 완전히 망각한다는 것을! 자신이 이미 누렸던 것을 귀하게 여길 줄 모르는 기억 불균형에 빠져 살게 된다는 것을! 이 기억의 불균형 현상은 사랑이 주는 현재의 기쁨보다는 사랑이 사라진 후의 슬픔에 더 깊이 매몰되는 불운을 설명할 중요 기제에 속한다는 결론이다.

다시
야간대학으로

운이 좋은 사람이라는 생각을 하면서 산다. '이 것은 아니다' 하는 생각으로 탈출을 원하면 이루어지는 경험을 할 때마다! 대학 2년 동안 교수님들의 강의에 수도자처럼 온 정신을 집중하고 살았다. 어느 순간도 소홀히 하지 않았기에 좋은 성적을 얻었다. 그러나 전공이 영문학인데 정작 영문학 전반에 대한 여유로운 책 읽기는 남의 일처럼 아득했다. 옹달샘을 눈앞에 두고 갈증에 허덕이는 사람 같았다. 더구나 초등학생을 가르치는 가정교사의 일은 적성에 맞지 않아 몸부림이 쳐졌다. 내 실력과 성향을 알고 있었기에 돈을 위해 가정교사를 할 생각은 전혀 없었다. 그러나 선생님의 가정교사 주선을 거절할 처지도 아니었기에 나날의 현실에 코가 꿰여 숨이 막혔다.

우선 전면 장학생에서 벗어나고 싶었다. 전면 장학생이 되지 않으면 대학을 접어야 한다는 장학금 포로의 생활은 등록금을 대주겠다는 혈연으로부터도 지켜낸 절대의 자유를 구속하는 멍에가 되고 있었다.

그렇게 답답증에 걸려 있던 어느 날, 2군 사령부 내에서 5급 군무원(현재의 7급 공무원에 해당)을 공개 채용한다는 시험 공고를 보았다. 두 번 생각할 일이 아니었다. 시험을 보았고 합격이었다. 이 시험의 합격은 내 생애의 네 번째 취업이면서 첫 번째 공무원 경력을 만들어주었다. 주간부에 있던 학적을 야간부로 옮기고 다시 주경야독의 익숙한 생활로 돌아갔다. 학적을 야간으로 변경했지만 강의 수강은 편의에 따라 자유롭게 들을 수 있었고 동일 강의는 같은 교수님이 담당하셨으므로 다른 불편은 없었다.

A 학점이 아니면 공부를 지속할 수 없다는 족쇄를 단숨에 벗었다. 군무원으로서의 공직 생활은 전면 장학생에 대한 통쾌한 복수의 기회였다. 강의 내용을 외우는 학생에서 벗어날 수 있었던 이때의 경험은 한 가지 중요한 사실을 확인시켜주었다. 즉, 사람이 죽을힘을 다하여 하려고 하면 무엇이든 가능하다는 것. 원하지도 않고 노력도 없이 요행으로 얻어지는 결과는 세상에 존재하지 않는다.

때때로 학생들에게 전한다. 교사가 되고 싶어서 사범대학에 왔는가? 그렇다면 임용고시에 합격할 만큼 공부를 해라, 실패는 실패할 만큼만 노력했을 때 주어지는 결과이다! 하기는 아무리 체험으로 깨달은 사람의 말이라 해도 그것을 경험해보지 않고서는 어찌 그 이치를 쉽게 파악할 수 있으랴! 그럼에도 가르치는 것을 업으로 하는 사람에게는 해야 할 말을 하지 않을 자유가 없다. 끊임없이 말해야 한다. 성공할 때까지 포기하지 않듯이 학생들이 알아들을 수 있을 때까지! 각자가 지

닌 삶의 현주소는 어제까지 이루어낸 노력의 결산이라는 그 피할 수 없
는 현실의 냉혹함을!

만만치 않은
군무원 생활

군무원으로 발령받은 부서는 작전참모부 행정실이었다. 출근 첫날 소령 한 분이 커다란 전지 한 장을 가져와서는 아무런 설명도 없이 "여기 직선을 그어봐요!" 하고 명령했다. 셈하기와 그리기로 경쟁을 하고 살아야 한다면 땅속으로 숨어야 할 인물이 나였다. 그런 약점을 안고 있는 터에 갑자기 이유도 모를 직선을 그으라는 명령을 받고는 떨고 있었다. 아주 간단한 일임에도 '내가 저 큰 전지에 똑바르게 직선을 그을 수 있을까' 하는 석성으로 봄이 굳는 듯했다. 겁에 질린 출발이었다. 한 줄의 직선 긋기도 자신감이 없으면 공포였다. 그리기는 다섯 살 수준일까 그 이상은 생각해본 적이 없었다. 그리기는 젬병이라는 순간적 생각은 나를 직선 하나도 그을 수 없는 사람으로 전락시켰다. 보다 못한 다른 소령 한 분이 웃으시면서 긴 자를 내게 쥐여주었다. 사용해서 그으라는 말에 그 당황함을 벗어날 수 있었다.

어떤 명령도 잘 따르는 사람인가를 알아본 것인지 무슨 의도가 있었

83

는지 알려고 하지 않았다. 그 시작의 당혹감을 경험케 한 그분은 그 후로 엄격하지만 자상한 나의 상관이 되어주셨다. 그분의 멋진 장교로서의 모습이 좋아서 대학을 졸업하면 여군 장교가 되겠다는 생각도 한 적이 있다. 중등학교 교사가 된다는 계획이 없었다면 우리나라 최초의 여군 장성도 꿈꿔봤을 것이다. 내가 만났던 당시 우리나라 육군 후방 사령부의 영관급 장교들의 모습은 날카로운 매처럼 신중한 멋을 지니고 있었다. 특히 작전참모부장이셨던 황 장군님은 사막의 작전통으로 알려진 롬멜 장군의 전기를 분석하는 등 연구하는 장군님이셨다. 어느 날은 원서로 된 롬멜 전기를 읽어보라 하셨지만 내 실력은 낯선 군사 용어로 된 원서를 쉽게 읽어낼 수준이 아니었다.

주어진 일은 어려운 것이 없었다. 브리핑 자료를 정리하는 일이나 이곳저곳에 해당 서류를 보관하고 전달하는 일, 우편물 처리가 주 업무였다. 그러나 그 일은 대학 졸업 때까지만 하기로 결심하고 있었다. 문제는 서류나 우편물 관계로 하루에도 몇 번씩 지하실의 우편실과 사무실이 있는 4층을 수없이 왕래하는 것이었다. 신체적으로 지치는 일이었다. 지하실과 지상 4층으로의 계단 이동에 따라 슬프도록 피곤했던 경험은 비슷한 경우의 다른 사람들의 고충을 살필 줄 알게 하는 좋은 체험이었다.

목소리 때문에
데이트 신청을?

전면 장학생의 강박증에서 벗어나기 위해 군무원이 되었던 것은 만족할 만한 선택이었다. 그때의 장군님이나 고급 장교들의 모습은 내 삶에 필요한 또 다른 특별한 색깔이 되었다. 다만 하루의 절반을 공부가 아닌 직장의 일로 소비한다는 것은 공부에 있어 시간과의 전쟁을 의미했다. 낭만적인 대학 생활은 유토피아처럼 멀었다. 강의가 휴강이라도 되어야 학교 주변 대학 주점에서 친구들과 어울렸다. 그때 맛보았던 막걸리와 생고구마 안주는 문득문득 고향처럼 아득한 그리움으로 떠다닌다.

그러던 중에 육군본부에 근무하는 중위 계급장의 초급 장교가 사무실로 찾아왔다. 전화로 업무 연락을 주고받던 장교였다. 내 목소리가 좋아서 데이트하러 왔노라 했다. 목소리가 얼굴이 된 경우였다. 낯선 사람과의 만남은 어색했다. 때마침 교직과정 이수를 마쳐야 하는 바쁜 학기여서 데이트로 시간을 보낼 처지가 아니었다. 양해를 구했지만 식사 한 끼는 할 수 있지 않겠냐는 제안은 거절하지 못했다.

나에게는 진작부터 나만의 배우자 선택 기준이 있었다. 이 청년 장교는 내 기준에서 벗어난 평범한 용모였다. '당신은 내 운명적 상대가 아니다' 하고 마음속으로 접었다. 만약 내가 피할 수 없이 결혼을 할 팔자라면 빼어나게 잘생긴 얼굴의 남자가 청혼을 해 올 것이라는 운명론을 믿고 있었다.

이 운명적 기준은 우선 내 오빠들을 통한 확신에서 출발했다. 결혼 상대자는 서로 보완적 관계로 맺어지는 톱니바퀴 현상임을 관찰하였기 때문이다. 엄청 큰 키의 첫째와 둘째 오빠는 상대적으로 키가 작은 여성들과 짝을 이루었다. 외국 배우로 착각되는 수준의 셋째 오빠의 경우는 더욱 확실했다. 어느 날 오빠는 결혼을 생각하는 여성의 사진을 백모님께 보였다. 관대하신 백모님이 "너랑은 너무 어울리지 않는다"라고 하셨고, 그 말에 오빠는 "얼굴 보고 결혼하지 않을 겁니다"라고 했다. 한때 결혼이 포기되는 사태까지 몰렸지만 결국 굽이굽이 곡절 끝에 그 사진의 주인공과 결혼했다. 얼짱은 비非얼짱과 배필이 된다는 확실한 사례였다. 오빠들 중 가장 날씬하고 상대적으로 키가 작은 막내 오빠는 몸무게에서 엄청나게 밀리는 건장한 신체의 부인을 맞이했다.

네 명 오빠들의 톱니바퀴형 결혼은 막내에게도 그와 같은 운명적 만남을 정해줄 안전판으로 보였다. 아버지가 살아 계셨던 내 어린 시절 오빠들은 나에게서 과자를 얻어먹기 위해서(아버지는 과자를 사 와서 언

제나 나한테 다 맡긴 후 오빠들에게는 나에게 얻어서 먹도록 조치를 하셨다)
"나중에 성형외과 의사가 되어 네 얼굴을 예쁘게 해줄게"라고 사탕발림을 하곤 했다. 아무리 어린 나이였지만 오빠들이 내 얼굴을 성형의 대상으로 보았다는 사실이 서운했다. 그 감정은 지금도 남아 있다. 어린아이에게는 예쁘다는 말만 어울린다는 것을 몰랐던 오빠들이었다. 무심코 하는 말이 서운하게 들리면 아이는 성장한 뒤에도 그 서운함을 기억한다. 기억해야 할 사실은 어린이들은 오직 칭찬만으로 자란다는 것!

비얼짱이므로 얼짱 남성이 내 배필이 되는 것은 필연이다. 상호보완적 상태로 짝을 이룬 네 쌍의 오빠 부부들은 평생 잘 살고 있다. 현재 우리나라 이혼율이 세계 랭킹에 오른 수준이다. 상호보완적인 톱니바퀴형 결혼을 한다면 다른 결과일 것이다. 얼짱과 얼짱이 만나고 키 큰 사람이 키 큰 사람을 짝으로 정하는 빵틀형 결혼이 청춘의 신비감보다는 권태를 부르는 불운이 될 수 있다.

하여 찾아온 청년이 얼짱이 아닌 보통 용모인 것은 처음부터 아닌 경우였다. 더구나 내 인격도 아닌 목소리에 관심을 보인 것은 난감한 일이었다. 목소리에 호감을 가진 사람이 멀리서 찾아온 그 사실만은 대인 관계에 있어 자신감을 주는 효과가 있었다. 이후 나는 가능하면 얼굴을 내밀기보다는 목소리로 기선을 제압하고자 시도했다. 때때로 목소리가 좋다는 이야기를 듣는다. 그렇게 강화된 결과로 결국 나는 목소리 공주과에 속한다.

사람을 만나는 일은 그 과정을 실망과 희망으로 나누는 등식이 될 때가 있다. 식사 비용을 지불할 때 그 청년이 꺼낸 돈의 모양이 우선 실망감을 주었다. 청년 장교가 지갑에서 네 번 접어진 시들한 돈을 꺼내는 순간 귀한 시간이 평가절하되는 것 같았다. 돈을 구김 없이 보관하는 것이 상식이라는 것도 고집을 피울 일은 아니다. 다만 청년의 구기고 접은 돈의 모양은 사람을 말해주는 실망의 단초였다.

또한 그는 차를 마시는 내내 상당한 지위에 있다는 형님과 비교하는 중에 자신을 비하했다. 내 삶의 좌우명이 "절대 다른 사람과 비교하지 않는다"임을 알 수는 없었을 것이다. 그 청년의 정신이 '다른 사람 탓으로 자신이 잘못되고 있다'는 피해 의식에 젖어 있다면 문제였다.

그때의 경험을 젊은 청춘들에게 이렇게 전할 수 있겠다. 누군가에게 호감을 사고 싶다면 지폐도 반듯하게 사용하고, 절대 피해 의식적 대화는 풀어내지 마라!

이후 나는 그 청년의 전화를 받지 않았다. 나 역시 20대의 젊은 날을 보내고 있었지만 자신을 비하하는 사람과 함께 시간을 보낼 만큼 한가하지가 않았다.

두드리는 사람에게
문이 열린다

좋은 인연은 어디에서나 쉽게 말을 건다. 군무원 생활이 거의 끝나가는, 졸업도 코앞이던 겨울이었다. 퇴근 버스의 뒷자리에 앉아 책을 펴고 있는데 그때 작은 메모지 하나가 책 위에 올려졌다.

"언니, 퇴근 버스를 타기만 하면 책 보는 모습이 너무 좋아요!"

이 메모의 주인공이 누구인지는 파악되지 않았다. 내용으로 미루어 메모의 주인공이 공부를 하고 싶어 하는 사람으로 짐작이 갔다. 돌아보니 고등학교를 졸업하고 갓 임용된 듯, 나보다 많이 어려 보이는 여성이 있었다. 그 메모의 글은 그 글을 쓴 사람이 유능하고 능력 있는 사람임을 알리는 듯 서글서글한 멋진 글씨체였고 내용도 간결했다. 금상첨화로 용모도 글씨체만큼 선이 굵은 잘생긴 모습이었다. 남성이었다면 내 운명적 배필에 해당할 만큼!

이후 그 메모의 주인공인 베아따(가톨릭교회의 세례명)와 약 40년 이상의 세월에도 오직 만나고 싶은 좋은 인연으로 남게 되었다. 나는 그에게 대학 공부를 어떻게 할 수 있는지를 알려줄 수 있는 선배였으므로 우선 물어보았다.

"공부를 하고 싶어요?"

"하고 싶어도 형편이 못 됩니다."

그때야 월급을 자신만을 위해 쓸 수 있다는 것도 행운임을 알았다. 언제나 부양가족이 없으므로 더 여유 있는 상황임을 잊지 않으려 한다. 여유 있는 사람은 예외로 하고 가능하면 밥값을 솔선해서 부담하려는 이유이다. 그때의 베아따는 자신의 월급을 가족을 위해 써야 했기 때문에 경제적 여유가 없었다.

방송통신대학이 설립되어 신입생을 모집하고 있기에 입학을 권유했지만 그것조차도 부담이 된다는 이유로 첫 해는 응시를 미루었다. 도울 수 있다고 했지만, 동의하지 않아 공연히 화를 낸 기억이 있다. 형편이 되자 베아따는 스스로 방송통신대학 입학을 결정했고 최고의 성적으로 졸업했다. 반듯한 용모에 더하여 스스로 자신의 미래를 책임지고자 하는 품성이 나를 매료했다.

어떤 기회에 베아따에게 두 번째 질문을 했다.

"무엇이 가장 되고 싶어요?"

"교사가 되고 싶어요" 하고 대답하는 그때 베아따의 큰 눈은 투명하고 맑았다. 즉석에서 총알처럼 해답을 제시했다.

"아, 교사가 되는 방법이 있어요. 준교사 자격시험을 치르면 돼요."

그런 제도가 있다는 것을 알고 있는 자신이 대단해 보이는 순간이었
다. 쉽지 않을 것임은 자명했다. 그러나 두드리는 노력 없이 열리는 문
이 있기를 기다린다면 그것은 의미 없는 삶이었다.

베아따가 여자상업고등학교를 졸업한 만큼 상업 과목 준교사 자격
시험을 준비하는 것은 무리가 없을 듯했다. 믿었던 것은 베아따가 성
실한 데다 우수한 지능의 소유자라는 사실이었다. 대학의 상업 교과목
에 해당하는 책들을 구하기 시작했다. 우선 백모님과 살고 있던 집 다
락으로 올라가 책 꾸러미들을 뒤졌다. 오빠들이 남겨둔 책들이었다.

사무엘슨의 『경제학 원론』 번역판을 발견했을 때는 보석을 찾은 듯
했다. 다락에서 열어본 사무엘슨의 『경제학 원론』 첫 페이지의 첫 글이
"부채도 재산이다"였다. 부채가 재산이 될 수 있다는 논리는 내가 빚을
지고 살아도 당당할 수 있을 것 같아 마음에 들었다. 신용이 중요하다
고 말하곤 한다. 신용이 없으면 돈을 빌릴 수 없고, 신용으로 빌린 돈
은 당연히 재산이 된다. 부채가 재산인 것은 신용을 담보로 하기 때문
이다. 나는 셈하기처럼 경제에도 깜깜했지만 베아따 덕분에 경제의 기
본 원리를 단 한 줄의 글로 통달한 셈이었다.

다락에서 발견한 책들 외에 필요한 책들은 서울대학교 구내 서점에
서 구했다. 서울대학교 학생들이 사용하는 교재로 공부하는 것이 가장
안전하다는 생각이었다. 베아따는 약 6개월간 직장을 쉬면서 시험 준
비에만 몰두했던 것으로 기억한다. 공립 중학교 초임 교사로 발령을
받아 근무 중이던 어느 날 베아따의 전화를 받았다. 두드리는 사람에

게는 문이 열린다는 진리를 확인케 하는 전화였다. 다른 아무 말도 없었다. 그 전화는 다만 "합격했습니다"의 한 마디가 전부였다. 문을 두드린 도전자가 승자가 되었다는 승전보였다.

베아따는 믿었던 대로 천재적 두뇌였다. 어떤 사람들은 고시를 준비하듯 몇 년씩 걸리는 시험을 약 6개월 만에 목표 지점에 정확하게 도달했다. 밤잠을 줄였고 때로는 코피까지 흘리면서 공부한 결과였다. 최선의 노력과 최상의 결실로 보는 사람들을 감동케 한 베아따는 우수한 순위고사 성적으로 당시 대구시 최고의 공립학교였던 제일여자상업고등학교에 발령을 받았다. 모든 에너지를 목표에 집중할 줄 아는 치열함은 베아따가 지닌 지고의 매력이었다. 베아따의 성실한 태도는 학생들이 보증하는 실력 있는 교사로 알려지는 데도 겨우 1년 정도면 될 만큼 충분했다.

생활연령은 베아따보다 높았지만, 삶을 치열하게 살아가는 정신연령에 있어서는 베아따가 나의 교사였다. 베아따를 만나지 못했다면 우리의 삶이 두드리면 열릴 수 있는 긍정의 메시지로 채워진다는 것도 간과했을 것이다. 베아따가 말을 걸어주지 않았다면 시인 프로스트가 "아이는 어른의 아버지"라고 지적한 그 유명한 말의 뜻을 지금도 이해하지 못했을 것이다. 나보다 어린 베아따는 순수의 노력과 그 결실을 통하여 생이 살 만한 가치가 있음을 확인시켰다. 주어지는 당장의 시간만이 모든 것의 희망이 될 수 있다는 긍정의 삶을 선물해주었다.

세상은 역시 좋은 사람은 빨리 차지하고 싶어 안달한다. 베아따는 교사 발령을 받은 후 같은 학교 교사의 친구로부터 청혼을 받았다. 그러나 베아따는 결혼은 미루고 싶어 했다. 그 청혼자는 서울대학교 농과대학을 졸업하여 자신의 전공에 몰두할 줄 알았고 그에 합당한 인격까지 갖춘 사람이었다. 베아따의 소극적 태도로 결혼에 이르기까지는 몇 해가 걸렸다. 청혼자의 인내와 절망이 필요했던 그 시기는 중재자인 내 처지도 어렵게 했지만 두 사람이 결국에는 결혼하게 되어 내 중재 역할이 열매를 맺었다. 내가 미국으로 떠나자, 베아따도 국가 파견 농업 지도관인 남편을 따라 아프리카로 떠났다. 아프리카에서는 죽음을 목전에 둔 대폭동을 만났다고 했다. 베아따 가족은 몸만 빠져나와 미국으로 이주하는 여정을 거쳤다. 두 딸이 결혼했고, 두 사람은 부러울 것 없이 잘 살고 있다. 화평하고 행복한 부부인 것을 보면 톱니바퀴형 결혼으로 보장받은 삶인 것을 알 수 있다.

몇 해 전 베아따는 은퇴 후 시인 천명이 노래한 사슴들이 노니는 자신의 집에서 함께 살자는 제안을 했다. "글쎄"라는 대답에 며칠이라도 다녀가라고 수표를 보내는 정성도 보였다. 온전히 내 핑계 때문에 우리는 강산이 몇 번씩 변하는 긴 세월 동안 얼굴을 마주하지 못했다. 이제 곧 만날 것이다. 얼굴을 마주하는 날 너무 당황하지 않게, 부끄러웠던 내 기억을 미리 풀어둔다.

그런 날이 있었다. 싫다는 결혼을 설득하느라 의견이 충돌하곤 할 때였다. 그렇게 멋진 사람을 놓친다면 어떤 사람과 결혼을 하겠다는 것이냐고 다그쳤다. 그 순간 아주 조용히 "상아 선생님 같은 사람이 있으면 결혼합니다"라는 말로 일격을 당했다. 그때 그 말이 얼마나 나를 부끄럽게 했던지! 지금까지 멍했던 그 기분을 표현한 적이 없다. 베아따는 빈한한 인격을 더욱 부끄럽게 하는 멋진 말로 나를 주눅 들게 한 적이 또 있다. 대학의 교수로 부임한 것을 알고 난 후 처음 보낸 편지였다.

"이상아 교수님을 만날 수 있는 학생들은 참 행복한 사람들입니다."

고백하건대 내 편협한 인격으로 학생들이 받는 고통조차 헤아릴 수 없는 지경이다. 대학 현장에서 가르치고 연구하는 나의 많은 박사 졸업생을 생각하면 어디든 숨고 싶다. 제대로 된 선생이 되지 못한 것만은 알기에 개인적 만남도 기피하게 된다. 졸업생은 있지만 감히 그들이 나의 제자들이라고 말하지 못한다. 대신 '학부 졸업생', '석사 졸업생', '박사 졸업생'이라고 통칭한다.

그만큼 내 인격을 자신하지 못한다. 그럼에도 베아따는 약 40년 이상의 세월에서 단 한 번도 내 사람됨에 대하여 의심하지 않았다. 분명한 것은 그것이 다름 아닌 베아따의 올곧은 인격이었기 때문이다. 이제 베아따와 베아따의 남편 김우중 선생님의 후덕한 지혜를 만나러 워싱턴으로 갈 것이다. 베아따와의 해후를 생각하면 아무리 늦은 밤에도 그리움이 가득한 행복한 사람이 된다.

전생을 통하여 단 한 사람만 있어도 부족함이 없다는 내 친구, 베아따!

사람에게
투자하는 방법

타고난 게으름 탓에 낯선 사람들을 만나면 움츠러든다. 타고난 속성과 팔자는 별개인지 겉으로 보여지는 나와 내 속내는 따로국밥이다. 이런 의미에서 김성혁 교수님의 시사영어 강의 수강은 천운이었다. 김 교수님은 매일 오후 6시에 자신의 집 약 열 평 다다미방에서 《타임스》와 《리더스 다이제스트》를 정독하는 시사영어 강의를 열어주셨다. 천운이라고 하는 것은 교수님 댁이 우리 집 골목 맞은편에 있었나는 사실에 기인한다. 교수님의 강의가 아무리 유명하다 해도 앞집이 아니었다면 수강하지 않았을 것이다.

많은 학생이 맞은편 집으로 분주히 오고 가는 것을 보면서 경쟁에서 낙오될 것 같은 두려움이 밀려왔다. 사는 곳이 중요한 것도 그때 알았다. 나만큼 가까운 곳에서 가는 사람은 없는 듯했다. 그 절묘한 지리적 우연이 특권처럼 느껴졌다. 김 교수님은 각자가 교재로 쓰이는 그 달의 《타임스》와 《다이제스트》를 사 가지고 가면 강의료를 받은 날짜만 연필로 마지막 페이지 끝 부분에 적어주셨다. 수강생은 누구나 사인 받은 날로부터 한 달째 되는 날 다시 수강료를 자진 납부하러 갔다. 그러면 반드시 연필로 날짜만 적어주셨다. 수강생들에게 "연필로 날짜를 적었으니 지우고 싶으면 지워도 됩니다. 내가 그렇게 하는 것은 우리 사회에 필요한 믿음을 심고자 함입니다"라고 하셨다.

수강료 역시 세지 않고 받아 작은 자루에 넣으셨다. 해마다 12월이 되면 우리에게 보고해주셨다. "올해는 학생들이 작년보다 더 많이 와서 내가 하나님께 처음 약속한 액수보다 더 많이 드렸습니다"라고. 교수님은 수강료로 빈한한 농촌 가구에 소나 돼지를 사주심으로써 농촌 자립 사업에 도움을 주셨다.

김 교수님은 방학이면 흩어졌던 학생들이 몰려와 발 디딜 틈이 없는 지경에서 남학생들에게 야단을 많이 치셨다. 남학생들에게서 발 냄새가 많이 났기 때문이다. 다다미방에서 책을 손에 들고 앉아서 강의를 들었다. 수강생이 많아 앉는 자리는 여유가 없었다. 특히 여름날 강의가 끝날 무렵이면 다음 날을 위한 경고가 있었다. 반드시 발을 씻고 양말을 갈아 신고 올 것이며 양말은 꼭 본인이 빨아 신어야 함을 강조하셨다. 강의 시간에 졸거나 양말에서 냄새를 피울 때는 당장 퇴실을 명하셨다. 이러한 방법은 공공의 질서와 타인을 위한 자기 관리 능력을 키울 수 있게 했다. 하루씩 건너뛰는 게으른 수강생은 수강 금지 조치를 당했으므로 다다미방에는 열심인 사람들로만 가득했다. 모두가 강의 시간 이전에 자기 자리를 잡고 앉는 질서와 시간 개념도 철저했다.

5분이라도 늦으면 거의 강의를 포기해야 했다. 5분이 늦으면 이미 자리가 다 차서 들어갈 틈이 없었다.

그 상황에서 꾸준히 교수님이 강의를 시작하는 바로 그 순간에 헐레벌떡 들어오는 여학생이 있었다. 손에는 물기가 묻어 있는 듯했다. 날마다 다급한 시간에 들어와 출입문 맨 앞줄에 앉아 있는 내 옆을 비집고 들었다. 말을 나눈 적도 없었지만 그 여학생을 혼자서 '헐레벌떡 여학생'으로 점찍어놓았다. 어느 날 그 헐레벌떡 여학생이 베아따처럼 나에게 말을 건넸다. 강의가 끝나 막 나가려는 참이었다.

"저, 차 한잔만 사주세요."

어딘가 퉁명스럽고 당돌한 듯했지만, 용기가 있다 싶어 근처 다방으로 갔다. 백운학 씨가 지적했던 대로 나에게는 팬티까지 벗어주는 미성숙의 결함이 있음을 헐레벌떡 여학생이 간파했는지는 지금도 알지 못한다.

말을 들어본즉 여학생은 대학 2학년생으로, 아래로 여동생 둘이 있는 장녀였나. 어머님이 살림을 본인에게 떠넘겼고, 대학을 그만두라고 하신다는 사정이었다. 식구들 저녁을 지어놓고 오기 때문에 언제나 헐레벌떡이라 했다. 딱한 이야기의 골자는 학교를 그만두라는 부모님의 성화에도 공부는 그만둘 수 없다는 것이었다. 약학과 재학생이니 두뇌가 명석한 인재였다. 더구나 장래 유전공학자가 되겠다는 의지가 대단했다.

헐레벌떡 여학생의 사정을 들은 것은 공립학교 교사로 떠나기 약 한 달 전이었다. 명석한 사람의 미래를 살리는 쪽에 저축을 할 수 있는 여건이었다. 헐레벌떡 여학생과의 대화 끝에 "한번 해보자"는 쪽으로 결론을 내렸다. 그날로부터 헐레벌떡 여학생과는 남은 2년의 대학 생활과, 병으로 인한 1년 휴학 기간, 서울대학교 석사 2년, 미국 유학에서 장학금을 받기까지의 1년, 총 6년 정도를 함께하였다. 급여를 은행에 두기보다는 헐레벌떡 여학생의 미래에 투자한 결실은 수확이 좋았다. 우선 더 이상 헐레벌떡일 필요가 없었다. 학위를 딴 후에는 '미국 국립 보건원NIH 책임 연구원'이라는 유전공학 연구자로 화려한 변신을 했다. 괄목할 만한 성과였다. 필요한 연구 자료를 찾아 보내라고 마음 놓고 부탁할 수 있는 사람이기도 했다. 싫으면 돌아가면 되니까 일단 오라고 해서 나를 유학길에 오르게 한 사람도 나의 헐레벌떡이었다. 헐레벌떡이 아니었으면 내가 유학길에 오르지 않을 수도 있었다. 그 모든 성과보다 더욱 값진 것은 헐레벌떡과 결혼한 인도인 남편이 나에게 전한 말이다.

"내 아내가 그랬다. 세상에서 가장 따뜻한 사람이 상아, 너라고."

헐레벌떡의 남편이 전한 이 말은 헐레벌떡 자신이 가족에 대한 증오를 벗고 다시 따뜻한 가슴을 지니게 되었음을 증명해준 것이었다. 약 6년 이상의 경제적 동지로서의 역할을 자임한 목적은 헐레벌떡이 받은 가족으로부터의 상처를 치유해주고자 함이었다. 결코 어떤 부모님도 자식을 사랑하지 않는 일은 없다는 것을 어떤 방법으로든 알려주고 싶었다. 몇 년 전에 돌아가신 헐레벌떡의 어머님은 돌아가시기 전날 내 손을 꼭 잡으셨다. 미국에 있는 딸의 손을 잡는 것과 똑같이! 지금 헐레벌떡은 한국에 남은 동생들과 그 가족들을 누구보다 사랑하고 아낀다. 한때 얼음처럼 찬 가슴을 지녔으나 이제는 세상에서 가장 따뜻한 사람으로 변한 바로 그 사람이 또 다른 나의 친구라는 사실은 자랑할 일이 아닌가! 결국 김성혁 교수님은 사람에게 투자하는 방법과 인연을 묶어주는 고리가 되셨다.

김 교수님은 이북에서 남하하신 분이었으므로 특히 애국하는 마음이 남다르셨다.

"공산당은 이 하얀 벽을 밤새도록 까맣다고 말하여 아침에는 정말 까맣게 보이도록 만드는 무서운 사람들입니다. 그런 공산당을 이기려면 진실을 말할 줄 알아야 합니다. 여러분이 나라를 책임지는 날에는 진실이 아닌 것을 진실이라고 말하지 마십시오. 진실을 말할 용기가 없거든 최소한 침묵하십시오."

교수님께서는 유학을 떠나기 전 출국 인사를 갔을 때 한 가지만을 당부하셨다.

"이 선생, 건강을 챙기면서 공부하세요. 건강해야 공부도 할 수 있어요. 특히 생선을 많이 먹도록 하세요."

생선 많이 먹고 건강만을 챙기라 하시던 교수님께서는 내가 귀국하던 해에 병환으로 돌아가셨다. 교수님의 가르침대로 진실만을 말하며 살아오지 못한 회한에 고개를 들 수가 없다. 아! 교수님!

03

정해진 팔자는
있는 것인가?

드디어 교원 자격증이
내 손에

연륜이 쌓인다고 지혜가 더해지는 것은 아니다. 연륜은 우리 삶에 경험이라는 무게를 더하는 보석이 될 수는 있다. 대학 4학년 2학기에 경북의 영어 교사 순위고사를 마치고 졸업과 함께 그해 3월 1일자 교사 발령을 대기하고 있던 참이었다. 날벼락 같은 일이 생겼다. 직원의 실수로 교원 자격증 발급 명단에서 내 이름이 빠졌다. 교사 자격증을 발급받지 못하면 꿈꾸던 교사 발령은 물거품이 된다. 성적이 곧 운명인 듯했다. 당장에 살길이 막힌 터에도 게으르고 소극적인 내 성격대로 해결은 엉뚱한 방향으로 흘렀다.

지금의 연륜에서야 바로잡을 방법이 무엇인지 담당자를 먼저 찾았을 것이다. 백모님은 학교에 가서 알아보아야 한다고 펄펄 뛰셨지만 그럴 수 없었다. 직원의 실수가 알려지면 내 모교의 직원 한 사람이 퇴직을 당할지도 모른다는 무지한 생각뿐이었다. 그런 실수는 수정 가능한 경우임을 생각할 지혜가 없었다. 생을 좌우할 만큼 교사 자격증이 나에게 중요했으므로 그 실수도 직원에게 치명적인 것이 되리라는 유아적 사고가 작동한 것이다. 먹을 것을 보장하는 입이 중요하기 때문에 유아들이 머리 부분을 크게 그리는 자기중심적 사고와 같은 수준이었다. 백모님께는 교사 자격시험을 보면 된다고 말씀드리고 실제 시험 준비를 시작했다. 그럼에도 백모님이 서울 큰오빠 댁에 가시고 안 계실 때 사달이 났다. 시험공부를 하기는커녕 소주 한 병을 사서 한 번에 다 마시고는 찾아온 친구 얼굴을 못 알아볼 지경에 빠진 것이다. 인생 최초의 독주 맛이 어떠했는지 기억에 없다. 그저 그날의 절망적이던 참혹함은 다시 겪고 싶지 않다.

소설을 쓴다 한늘 그런 우연적인 실수는 너무 단순하어 어느 맥락에도 맞지 않을 터였다. 내 질곡의 노력과 결실이 단 한순간에 누군가의 펜 끝에서 사라져버릴 수 있다는 그 단순함에 숨이 막혔다. 밤낮을 바꾼 대학 4년의 긴 세월을 한칼에 날려버릴 거라면 최소한 그에 버금가는 이유라도 있어야 했다. 그 상황은 타인의 실수로 인해 주어진 절망도 내 몫이니 혼자 해결하겠다는 오만도 박살이 나는 바위 같은 무게로 다가왔다.

대학에 가야 한다고 내몰았던 셋째 오빠가 나를 만나러 왔다.

"이제 좀 쉴 때가 되었다. 너무 열심히 살아왔으니까 쉬는 기회를 얻은 거야. 쉬고 나면 대학 졸업생에게 합당한 일이 너에게 주어질 거야."

그 말, 대학 졸업생에게 합당한 일이 주어질 것이라는 그 말은 대학 졸업 후 공군 장교로 복무 중인 오빠만의 비전일 뿐 나의 위로가 될 수는 없었다. 다만 너무 열심히 살았으니 좀 쉬라는 말은 이유가 되는 듯도 했다.

오빠가 다녀가고 나서 나의 영원한 담임 선생님께서 서울로 나를 부르셨다. 선생님은 부모가 자식을 믿는 것처럼 나를 무조건 무엇이나 다 잘할 사람으로 믿으시는 분이었다. 상경하라는 말씀에 못 간다는 전갈만 드릴 수 없어 뵙기만 하고 돌아올 요량으로 찾아뵈었다. 대학 재학 중에도 선생님은 존경하는 당시 유명 정치인들을 만나실 때 마스코트인 양 나를 데리고 가시곤 했었다. 한번은 그 유명한 박순천 대표께서 나에게 "서울로 오고 싶지 않아?" 하시자 선생님께서 "서울로는 오고 싶지 않답니다" 하고 내 마음을 대신 말씀하시기까지 하셨다. 사실 서울은 시멘트를 흙으로 알지 않고서야 살아갈 수 없는 곳이다. 서울을 엄청 싫어한다. 회의를 하는 경우에도 서울에서는 여분의 시간을 할애하지 않는다.

어느 날 서울 시민인 큰오빠가 나에게 물었다.

"너는 서울에 올 기회가 그렇게도 없니?"

내 대답은 "가는 경우는 있지만 서울에서 자고 오는 일은 없습니다"였다. 연 이틀 회의가 있을 때도 시골집에 밤중에 왔다가 새벽에 다시 간다.

삶은 언제나 예측 속에 머물지 않는다. 지옥 같은 서울에서 선생님을 뵙자 꼼짝없이 그대로 잡혔다. 이후 약 6개월간 선생님이 소개해주신 장관 댁 개인 비서로 웅장한 저택에서 살아보는 경험을 했다. 대문 앞에는 경비가 있어서 그 저택이 보통의 저택이 아님을 알 수 있는 수준이었다. 상세 분류를 한다면 다섯 번째 취업이었다. 그 짧은 기간에 국회의원 선거를 치르는 상황도 경험했으니 다양한 사회적 경험을 쌓은 셈이다.

장관 댁에 있던 어느 날이었다. 대학에서 단짝이었던 친구에게서 전화가 왔다. 내게 교사 자격증이 발급되었고 다가오는 3월에 교사로 발령이 난다는 내용을 전했다. 어떤 귀신이 자격증을 숨겨두었다가 내가 자격증을 찾아 세상을 헤집고 난리를 치지 않으니까 제 풀에 슬그머니 돌려주는 딱 그 상황인 듯했다. 그 전화를 받고서는 소설의 구성도 이렇게 느닷없는 경우는 없다는 생각을 또다시 했다.

자격증 발급이 잘못되었던 때와 마찬가지로 정상 발급이 된 과정에 대해서도 그 연유나 어떤 경로가 있었는지 알아보지 않았다. 일반적으로 자격증은 모두 3월 1일자로 되어 있지만, 내 중등 교사 자격증에 박힌 나만의 6월 21일의 발행 일자가 사진인 양 머리에 박혀 있다. 그 6월 21일의 날짜가 지옥에서 살아온 바로 그날이라고 하면 옳은 말이다.

아주 짧은 기간에 절망과 희망의 파도타기를 현기증이 나도록 했다. 희망이라는 열린 문이 있어 발을 들이는 순간에 왈카닥 문이 닫혔다. 절망으로 돌아서는 순간 또 다른 문이 열렸다. 그 문은 상상하지 못한 곳에서 절정의 기쁨을 맛보게 했다. 그러고는 느닷없이 처음의 문으로 돌아왔다. 이러한 여정은 계획에 없었던 신비의 여행이었다.

지체 없이 교사가 되기 위해 집으로 돌아가겠다는 의사를 장관 댁에 알렸다. 사직한다는 말에 특히 장관 부인께서 "이 선생, 나중에 학교를 지어주면 될 것 아닙니까!" 하면서 만류하셨다. 물론 말씀처럼 그곳에 머물면 원할 때 학교도 지어주실 수 있다는 것을 모르는 바는 아니었다. 그러나 학생을 가르치는 교사직을 원했지, 학교를 소유하는 일은 관심 사항이 아니었다. 그 짧은 6개월에도 믿을 수 있는 사람으로 신뢰해주신 것은 또 다른 수확이었다. 그것이 곧 나를 소개하신 선생님 체면을 세워드리는 일이 되었고 다행이었다.

이어서 선생님이 서울에 그대로 머물러 있으라 하셨지만 죄송스러운 마음에도 생각은 바꾸지 않았다. 선생님께서는 철저히 신뢰할 수 있는 사람만이 맡을 수 있는 자리여서 나를 불렀다 하셨고 선생님의 아쉬움은 상상 이상이었다. 떠나올 때까지 출세하고 싶지 않으냐는 간곡한 뜻도 전달받았다. 그러나 교사가 된다는 것을 목표로 하였고 그 목표가 곧 나의 출세임을 알기에 전혀 흔들리지 않았다. 6개월 정승 댁 경험은 인간의 속성을 깨는 여성으로까지 발전되었다.

대구에 도착하여 중학생 때부터 살던 집 대문을 밀치는 순간 '아! 이렇게 작은 집에서도 사람이 살아가나?' 하는 생각이 번개처럼 뇌리를 때렸다. 동시에 그러한 느낌을 갖는 자신에 대하여 화들짝 놀랐다. 인간적 속성을 처음으로 확인한 순간이었다. 속물근성을 가진 나의 실체가 무서웠다.

정승 댁 저택에서 살았던 6개월은 전 생애에 비한다면 어느 한순간으로 간주될 뿐이다. 그럼에도 인간의 알량한 속성을 노출시킨 위험한 시간이었다. 6개월의 화려한 생활은 수십 년 고향 집을 작고 초라하게 보이게 하는 강력한 마취제였다. 기억 불균형 현상의 실체를 있는 그대로 체험하였다. 기억의 불균형 현상은 도처에 도사리고 있다. 그래서 개구리는 절대로 올챙이 적 기억을 균형적으로 바로잡지 못한다. 언제나 두렵다. 속물근성은 작은 것은 초라하다고 매도한다. 무식한 사치를 멋으로 해석한다. 그 속물근성의 굴레에 살고 있으면서 언제 제자리로 돌아올 수나 있을까?

이름에 얽힌
에피소드

　　대학이나 졸업하고 섬으로 가라는 야단에 오기로 입학한 대학을 마쳤다. 섬 대신 육지에 있는 중학교 교사로 발령을 받아 떠나게 되었다. 당시 교육감님이 아버님 친구였기에 막내가 교사가 되었다는 인사차 오빠들이랑 찾아뵈었다가 질문을 받았다. "어떤 학교를 원하는가" 하시기에 "전기가 들어오고, 바다가 있는 곳을 좋아합니다"라고 대답했다.

　　발령받은 매화중학교는 당시 무장공비가 나온다는 울진군으로 경북의 벽지였다. 전기가 있었고, 바다는 약 2~3킬로미터 떨어져 있었다.

　　학교로 떠나기 전날 서울 큰오빠 집에서 백모님이랑 둘러앉아 저녁을 먹었다. 마침 휴가 중인 셋째 오빠가 나를 발령지까지 데려다 주기로 했다. 혼자 갈 생각을 하고 있었지만 그냥 따르기로 하고 서울을 출발했는데 너무 멀었다. 너무 먼 곳이어서 버스를 타고 가면서도 오빠의 성화는 지속되었다. 누구라도 좋아할 출세가 보장된 서울 자리를 마다하고 가는 길이었기에 성화는 극에 달했다. 가도 가도 더 가야 한다는 사실이 지루한 슬픔이었다. 서울로 돌아가자는 말을 들을 때마다 나 역시 울음이 받쳤지만, "돌아가지 않아요!" 하고 단호한 척했다. 마지막에는 "네가 남자라면 다리를 부러뜨려서라도 서울로 데리고 간다. 그렇지만 네가 여자니까 그냥 둔다"라고 했다. 남자는 출세 지향적이고, 여자는 그 반대임이 상식이던 시대였다. 여성 비하로도 들렸지만 침묵했다. 어머니가 하늘로 가실 때 내 나이 만 세 살이었다는 아픔 때문에 형제들에게는 더 안타까운 막내였다. 그 막내가 성장하여 선택한 곳이 하필 그 먼 곳임을 확인한 오빠의 심정도 이해는 갔다.

저녁 어둠이 깔린 후에야 우리는 매화리의 간이 정유소에 내렸다. 다행히 학교 앞에 작은 여관 하나가 있었다. 여관에 들어가면서 오빠랑 오지 않았으면 이 생소함을 어떻게 했을까 싶었다.

다음 날은 일요일이었다. 아침에 학교를 방문했다. 일요일이라 학교에는 일직 교사만 있었다.

"아, 새로 부임해 오시는 이상복 선생님이시군요" 하면서 내가 아닌, 오빠에게 인사를 건넸다. 내 이름이 완전 남자 이름이라는 것을 그때 처음 알았다. 사람들은 고정관념에 따라 타인을 판단하게 된다는 것도!

흔히 여성스럽지 않은 내 이름 때문에 아주 많은 경우를 겪는다. 내가 등기 우편물에 서명하면 "본인이십니까?" 하고 다시 확인을 한다. 나를 낳아주신 어머님은 관습을 떠나 손수 딸의 이름을 지으셨지만 그 이름으로 인해 얼마나 사연이 많은지 알고나 계실까?

남성적 이름으로 인한 두 번째 상황은 귀국 후 교수 생활을 막 시작한 첫 해에 발생했다. 당시 문교부가 주관하는 전국 특수학교 교장 선생님들의 연수가 설악호텔에서 있었다. 그 프로그램의 특강 요청으로 연수회에 간 적이 있었다. 중등교육국장의 특강을 듣고 난 후, 차례가 되어 강당 문을 열고 들어서는 순간이었다.

"여자네~에!" 하는 소리가 너무 커서 강당 전체가 다 울렸다. 그 큰 울림으로 보아 프로그램에 인쇄된 내 이름의 주인은 반드시 남성이어야 했다. 예기치 못한 상황이었다. 다음 순간 나는 "이상복 교수님이 오실 수 없는 급한 사정이 있어 대신 오게 되었습니다"로 우선 기대에 부응했다. 특강을 마치면서 질문을 했다.

"여자 교수의 특강도 들을 만했습니까?"

이 말에 처음의 강당을 울리던 그 소리에 버금가는 큰 울림이 왔다.

"예~에!!"

복소리가 마이크 체질이라는 검증을 받은 터였고, 절대 많은 사람 앞에 섰다고 위축되지 않기 때문에 응당 마음에 들었을 것이므로 물어본 것이었다. 마지막에 사과를 드렸다.

"교장 선생들께서 남자 교수님을 그토록 기대하고 계셨기에 놀라서 대신 왔다고 말씀드렸습니다. 사실 제가 이상복입니다. 용서해주십시오."

이 말이 끝나자 사방에서 "이상복 교수를 국회로 보냅시다!" 하는 외침이 들려왔다. 특강 말미에 "앞서 국장님께서는 특수교육 예산 확보와 특수교육 발전 계획은 언급하지 않으셨습니다. 일반교육 예산만 강조했습니다. 그런데 교장 선생님들은 일반학교 교장 선생님들이십니까? 왜 특수교육은 어떻게 하느냐고 한마디도 청하지 않으셨지요?"라고 질타한 것에 대한 반응이었다. 그때의 교장 선생님들은 나를 국회로 보내는 대신 특강에 강한 유명 교수로 만들어주셨다.

이후 특강으로 버는 돈이 월급만큼이나 되었다. 어머님이 지어주신 이름 덕분이었다. 지금도 전화로 무슨 예약을 할 때면 "본인이십니까?" 아니면 "이름을 한 번 더 말씀해주세요" 하는 상황에 처한다. 그럴 때마다 목소리를 높인다.

"상 받아라 할 때 상, 복 받아라 할 때 복, 이! 상! 복! 입니다."

첫 발령지였던 매화중학교에서는 내가 오빠의 부인이고 나를 데려다 준 오빠가 신임 교사로 오인되는 잠시의 해프닝으로 끝났다.

담임 교사로서의 첫걸음

학교 교문에서 담 하나를 둘러서 걸으면 닿는 운동장 맞은편 집에 방을 얻어 자물쇠를 달아주고 오빠는 일요일 오후 떠났다. 너무 낯선 곳이어서인지 그날 밤에 잠을 자는데 자꾸만 누가 잡아당기는 느낌에 거의 잠을 이루지 못했다. 언제나 모든 곳, 모든 일에 편하게 임할 수 있을 줄 알았는데 그게 아니었다. 평생 처음 마마를 완벽하게 떠나온 느낌이 나를 두렵게 했다. 다행히 학교에 출근하면서 곧 일상에 익숙해졌다. 학교는 전체가 아홉 학급으로 영어 교사는 나 혼자였고, 1학년 담임으로 배정받았다. 섬 아이들을 가르치는 것이나 벽촌의 아이들을 가르치는 일은 다르지 않을 것이었다. 특히 1학년들은 이제 영어를 처음 시작하는 단계이므로 더욱 신경이 쓰였다. 어떻게 하면 영어를 쉽고 재미있는 공부로 인식하게 할 수 있을까를 생각하다가 간단한 방법을 선택했다.

사과를 베어 먹으면서 '애플apple' 스펠링을 노래하게 하고, 빵을 먹으면서 '브레드bread' 스펠링을 노래하는 방법은 다들 좋아했다. 실물을 통한 영어 공부, 먹으면서 하는 영어 공부는 1학년 학생들에게 인기가 좋았다. 다른 선생님들이 내가 돈을 들이면서 하는 수업 방식에 정서적 부담을 느끼는 분위기가 있어 어느 정도 조정은 필요했다.

학급 담임은 60여 명의 학생들이 학교에 있는 동안 그들의 부모가 된다는 것을 우연한 시간에 깨달았다. 그날 4교시는 수업이 없어서 교무실에서 운동장을 내다보았는데 마침 우리 반 아이들이 체육 선생님께 종아리를 맞는 집단 체벌을 받고 있었다. 이내 점심시간이 되었지만 아이들은 교실로 쉽게 돌아오지 못했다. 그때 속이 까맣게 타는 것을 느꼈다. 늦게야 교실에 돌아온 아이들은 훌쩍이며 울기만 하고 점심시간은 지나가고 있었다. 학교 앞 가게에서 빵 상자를 들여다 놓고 소리를 질렀다.

"점심시간에 굶을 거야! 빨리 먹어!"

평소에 쓰던 존댓말 대신 반말로 명령을 내리면서 나 또한 울음이 터졌다. 우리 반 아이들의 아픔이 나의 아픔인 것을 그때 알았다.

그날 아이들은 눈물 젖은 빵을 먹었다. 나에게는 화가 나면 나오는 한 가지 습관이 있다. 갑자기 고함을 치며 명령하거나, 반말을 쓰던 사이이면 높임말로 전환한다. 내 고함 소리에 눈물을 뚝뚝 흘리면서도 5교시 종이 울리기 전에 빵을 먹어야 하는 아이들은 안타까운 내 새끼들이었다. 그때 확인할 수 있었다. 학급 담임을 하면 그렇게 부모같이 행동하게 된다는 것을! 한동안 우리 반 아이들을 체벌한 체육 선생님을 내 속이 풀릴 때까지 외면했다. 그 선생님은 눈치를 챘을까? 아무튼 우리 반 아이들은 내 자식들 같아서 잘못으로 벌을 받는 것도 그저 아프기만 했다. 담임이 이럴진대 부모님들은 자녀가 우는 광경을 보면 견딜 수 없는 고통이 되겠다는 점도 헤아릴 수 있게 되었다.

1학년 담임을 끝낸 다음 해에 3학년 담임을 맡았다. 도내 영어 웅변대회에 우리 반 학생 한 명을 입상시키겠다는 각오를 했다. 원고의 교정이나 녹음을 당시 평화봉사단 선생님을 수소문하여 완성했다. 출전할 학생은 대회가 있는 날까지 방과 후 늦은 시간에 이르도록 내 자취방에서 상당 기간 연습을 해야 했다.

결과, 예상대로 좋은 성적으로 입상을 했고 상장을 받아 오는 날 교장 선생님과 전교생들이 버스 정류장으로 마중 나와주는 대단한 환영을 받았다. 매화중학교는 물론이고 울진군에서는 처음 있는 경사였다. 3학년은 고등학교 진학 반이었으나 공부를 위해 숙제를 내면 대부분 힘들어했다. 나는 그 이유를 알고 난 후 숙제 내는 일을 기꺼이 중단했다. 대신 방과 후 사정이 되는 학생들만 자율 학습을 해나가도록 방법을 바꾸었다.

　　학교에서는 한 해 한 번 가정방문을 할 기간을 정하고 오전 수업을 한다. 가정방문 기간에 다섯 명 학생이 살고 있다는 마을로 떠났다. 그 마을에 도착했을 때는 깊은 산골이라 거의 땅거미가 지고 있었다. 그런데 집에 있을 줄 알았던 학생들은 모두 산으로 가서 나무를 한 짐씩 지고 내려오거나, 여학생은 소에 풀을 먹이고 내려왔다. 그 광경은 그들이 내 스승임을 눈으로 확인시키는 충격으로 다가왔다.

　어린 학생들이었으나 가정에서 하는 일들이 결코 작은 일이 아니었다. 부모님들을 돕는 순종의 미덕은 영어를 배우는 것보다 중요해 보였다. 성실한 미래를 담보해줄 것이 확실했다. 숙제를 하지 않았다는 비난을 받아야 할 어린 학생들이 아니었다. 새벽에 집을 나서 산을 몇 개나 넘고 넘어 학교에 등교하는 것 자체만으로도 칭찬받아야 할 일이었다. 숙제를 안 해 오면 나쁜 학생으로까지 몰았던 자신이 부끄러웠다. 그날 온 동네가 환영하는 마을 잔치로 저녁을 대접받고 이장님 댁에서 잠을 잤다. 그 마을이 생긴 이후 최초로 가정방문 교사를 맞이하는 경사인 듯 보였다. 그다음 날부터 학생들의 숙제 검사는 없었다.

학급에서 언제나 쾌활하고 솔선수범하는 여학생 집을 방문했을 때, 또 한 번 자신이 부끄러웠다. 그 여학생이 아주 맘에 드는 행동만 하는 모범생이어서 사실 어떤 부모님 밑에서 자라고 있는지 궁금하던 참이었다. 할머니와 어머니 아버지를 모신 4인 가족이었는데 어머니 아버지가 모두 농자(청각장애인)였다. 할머니는 그 여학생이 부모님을 끔찍하게 잘 보살펴 주는 착한 손녀라고 하시면서 눈에 눈물을 머금었다. 착하고 착한 손녀이기에 더 아린 아픔이 되는 듯했다. 돌아서 나오는데 할머니는 멀리까지 나오셔서 내 한 손을 꼭 쥐고 놓아주지 않았다. 할머니가 내 손을 놓고 바삐 뒤돌아 걸어가시고 나서 보니 내 손안에는 백 원 한 장이 남겨져 있었다. 그 백 원이 돈이 아닌 할머니 마음인 것을 전달하느라 내내 내 손을 꼭 쥐고 계셨던 것이다.

시금노 그때 받았던 백 원의 마음을 생각하면 삶이 참 아름답게 여겨진다. 그리고 그 할머니의 따뜻함을 새겨낼 수도 있다. 그 여학생의 집에서 느꼈던 소박한 정경은 한 폭의 자연이었으므로!

다음 날 할머니를 위한 머플러 하나를 전하면서 나 역시 그 여학생처럼 밝은 미소만 지었다. 여학생이 혹여 부모님이 농자인 것을 내가 어떻게 생각할까 염려하지 않도록 그 할머니가 베푼 것과 꼭 같이 했다. 여학생이 집으로 돌아갈 때 몇 번이고 먼 곳까지 친구처럼 서로 손을 잡고 깔깔깔 웃으며 함께 걸어만 주었다. 옛날 내 중학교 때 나의 김 방지 선생님이 내 손을 잡고 그러셨던 것과 같이! 다른 말은 아무것도 필요치 않았다. 스승인 양 그들의 자연 속으로 안내해주던 그 학생들 이 지금도 고맙고 그립다.

다급한 상황에서의
대처 능력

초임 교사를 아버지처럼 따뜻이 보살펴 주셨던 김재호 교장 선생님을 잊을 수 없다. 교장 선생님은 한학은 물론 미술, 음악 등에 두루 정통하신 분이었다. 그분은 천재라는 생각이 들 정도로 모르는 것이 없으셨다. 약초에 대해서도 너무 잘 아셔서 어디가 아프다 하면 곧 약초를 구해다 주셨다. 그분 말대로 하면 직방으로 잘 들었다. 갑자기 늑간 신경통으로 숨을 쉴 수 없었을 때 한 번의 침으로 뚝딱하고 완치시켜주신 것은 지금 생각해도 신기한 일이다. 하늘과 구름을 담은 그릇을 연상시킨다 하시며 '운정雲定'이라는 호를 지어주시기까지 하신 분이다.

반 학생들을 졸업시킨 다음 날 텅 빈 교실에서 마냥 창밖을 보고 있는데 다가오셔서는 "이 선생, 슬프지요?" 하셨다. 사실 아무 생각도 없이 그저 거기에 서 있기만 했었는데! 마음으로 교장 선생님의 순수한 기대에 내가 못 미치고 있구나 싶어 순간 죄송한 마음이 일었다.

어찌하였든 교장 선생님은 나에게 없는 재능을 다 가지고 계셔서 언제든 내 고민을 뚝딱 해결해주시는 일이 많았다. 크게 도와주신 것 중 한 가지는 장판지를 완성해주신 일이다. 학기 말이 되면 학급 전체 성적을 가로세로로 정확하게 일치시킨 후 개별 성적표를 만들어야 했다. 학생 약 65명에 대한 성적이 어디에서 어긋나는지 장판지의 가로세로 총점이 일치하지를 않았다. 며칠을 씨름하는 중에 책상 위에 펴놓은 채로 수업을 마치고 왔을 때, 세상에! 그 장판지의 가로세로 총점이 일치해 있었다. 교장 선생님이 뚝딱 맞추어주신 것이다. 교장 선생님은 주판으로 금방 하실 수 있는 분이었다.

그렇게 다재다능하신 어른을 지금까시 뵌 적이 없다. 학급 환경 정리를 해야 할 때는 또 얼마나 고민이 되었는지! 직선 하나를 긋는 일도 겁을 먹는 재주에 사방 벽에다 그리고 붙이고 다듬어야 하는 일은 막막하기만 했다. 다른 반들은 다 끝나가는데도 아직 시작도 못하고 있던 처지의 어느 날 아침, 학급의 환경이 반짝반짝 정리되어 있었다. 방과 후에 뚝딱 해주신 것이다. 우리 김재호 교장 선생님께서!

중학교 영어 교사를 하면서 영어를 가르치는 일 이외에 해야 하는 또 다른 어려운 일들이 그렇게 많다는 사실을 진작 알았다면 교사를 꿈꾸지 않았을지도 모른다. 내가 갖지 못한 재주에 목을 매고 살 수 있을 만큼 인내심 있는 사람이 아님을 스스로 잘 알고 있다. 초임 교사의 어려운 고비를 좌절 없이 넘길 수 있었음은 교장 선생님이 아무도 모르게 완벽하게 도와주신 덕분이었다. 어찌 잊을 수 있을까!

김재호 교장 선생님은 나의 온갖 모자람을 아시면서도 학생들을 대하는 태도를 과대평가하셔서 연금처럼 매달 상금을 몇만 원씩 받는 대상을 받으라 하신 적이 있다. "선배 선생님이 받을 것을 제가 받을 수 없습니다"라는 절대 고집에 그래도 서운하셔서 모범 교사 표창으로 바꾸어 주셨다. 그때 남겨주신 짧은 한시 구절은 지금도 외울 수 있다.

대붕을 손으로 잡아, 번갯불에 구워 먹고
대해를 건너뛰니 태산이 발길에 차여 웨깍 대깍 하더라!

세상이 답답할 때 한 번 소리만 내어도 가슴이 트일 기백을 담았기에 교장 선생님의 이 선물을 지금껏 아낀다. 훌륭한 주인을 만나면 일하는 것 자체가 보람이 될 수 있다는 말의 수혜자가 나였다. 며느리가 예쁘면 발뒤꿈치도 달걀처럼 보인다는 옛말과 같이 교장 선생님은 내가 하는 모든 일을 예쁘게만 보시는 덕이 높으신 어른이셨다.

그러던 어느 날 교육청에서 불시에 장학 지도를 나온 적이 있었다. 그날 교장 선생님으로부터 학교를 대표하여 장학관 참관수업을 부탁받은 것과 동시에 위가 아파서 식은땀이 돋는 경험을 했다. 그러나 내가 하지 않으면 누군가 다른 선생님이 담당하셔야 했고, 그 일은 누구도 원하지 않았다. 피할 수 있는 상황이 아니라는 인식은 급성 신경성 위경련을 일단 조금은 호전시켰던 것으로 기억한다.

살아오면서 내 자신에게 긍정적 평가를 줄 수 있는 것으로 딱 하나를 꼽으라면 다급한 상황에서의 대처 능력이 나쁘지 않다는 것이다. 그날은 수업에 준비가 절대적으로 부족한 채로 1학년 영어 시간을 진행해야 했다. 바로 그때 순간적으로 학교 창고로 뛰어가 운동회 때 릴레이 경주에서 사용하는 1, 2, 3 숫자가 각각 크게 쓰인 등수판 세 개를 가져다 수업에서 '원, 투, 쓰리'를 말하고 쓰는 자료로 활용하는 기지를 발휘했다.

수업을 참관했던 장학관의 칭찬은 오래도록 회자되었다. 그 이유는 임기응변으로 사용한 1, 2, 3의 숫자판이 오랜 세월로 때가 묻을 대로 묻어 있었던 것에서 비롯되었다. 장학관은 "평소에 얼마나 열심히 그 자료를 많이 사용했는지 아주 손때가 묻어 있었다"라며 그 이야기를 지역 내 다른 학교로 계속 보급해나갔다. 결국은 지역 내 모든 교사도 자료를 사용할 때는 손때가 묻을 만큼 열심히 그리고 꾸준히 사용해야 한다는 장학관님의 지시를 받아야 했다. 그 일은 나로 하여금 오금을 저리게 하는 웃지 못할 에피소드로 남았다.

까딱하면 시한부 인생으로 전락한다는 4기 암 진단에도 끄떡없이 잘 살아갈 팔자는 그때부터 시작된 것으로 보인다. 장학관으로부터 아무개 선생님처럼 학생을 지도하라는 이야기를 듣는다면 그 아무개 선생님은 틀림없이 소금 뿌릴 대상이 될 것임을 누가 모르겠는가! 내가 최고인 세상을 살기에도 시간이 모자라는 지경에 알지도 못하는 누군가를 본으로 삼는 일은 개가 웃을 일이다. 나 역시 약삭빠른 임기응변으로 수업을 진행한 것까지는 개인적 능력으로 아량을 베풀고 용서할 수 있었다. 그런데 가장 싫어하는 일, 내가 다른 사람들의 기피 대상이 되어 입에서 입으로 패대기쳐지는 일, 그것만은 도저히 용서가 되지 않았다.

그래서 지금이라도 말하고 싶다. 누구도 본인에게 물어보지 않고 눈에 보여지는 것만으로 평가하는 일은 일어나지 않아야 한다는 것을! 어떤 경우에나 반드시 본인에게 물어보아야 한다. 어떻게 그런 일들이 있는지에 대하여. 그러지 않으면 다른 사람을 또 다른 사람의 먹잇감으로 만드는 우를 범할 수 있다. 나의 책임하에 있었던 임기응변이 나 자신을 동네북으로 전락시킨 그 결과를 보고 한탄했다. 인간은 배고픔은 잘 참는다. 단, 다른 사람의 성공에 대한 배 아픔은 참지 못한다. 그 장학관은 그 사실을 그리도 몰랐을까! 아, 나를 그 배 아픔의 대상으로 만들다니!!

더불어
산다는 것

더불어 살았다. 더불어 산다는 것이 무엇인지를 배웠다고 말할 수 있는 곳이 있다면 그곳은 완주네 집이었다. 완주네 집은 매화중학교에 근무했던 2년간 자취를 했던 집이다. 학교 운동장 맞은편 중앙에 위치하고 있었다. 넘어지면 정말 긴 코는 닿을 수 있는, 그렇게 가까운 곳이었다. 그럼에도 모퉁이를 돌아서 가는 것이 멀다고, 완주 할아버지는 운동장으로 바로 넘어갈 수 있도록 경계가 된 담장 덩굴을 잘라 출입구를 만들어주셨다. 차마 나만의 출입구를 따로 갖는 것이 마땅치 않아 사용하는 척 시늉만 하다가 담장 나무로 다시 덮었다. 그러나 그때 알았다. 이미 완주네와 더불어 살고 있었음을! 나는 완주 할아버지와 할머니, 그리고 완주 이렇게 세 명이었던 가정을 네 명으로 확장시킨 제4의 식구였다.

지금도 더불어 산다는 것에 대한 나의 정의는 완주네 집을 전제로 할 뿐 다른 기타의 정의와는 다르다. 사회적으로 혹은 정부가 말하는 더불어 살기는 경제적인 나눔에서 출발한다. 가진 자와 덜 가진 자의 공유를 의미한다. 가진 자의 의무를 강제하여 사회적 요구에 부응하는 것. 이와 달리 완주네 집에서 배운 더불어 살기는 정서적 교류에서 출발했다. 겨울 세찬 바람을 피하여 부엌 아궁이 앞에서 나누는 대화 같은 것이었다. 완주는 당시 초등학교 4학년에 다니는 남자아이였다. 엄마 아빠를 젖먹이 때 모두 하늘나라로 보내드린 사연이 있었다. 할아버지 할머니랑 살면서 얼마나 엄마 아빠가 보고 싶을까 하는 생각만으로도 힘에 겨웠다. 하여 완주와는 차라리 말 없는 사이로 지냈다.

집에서나 학교에서 공부를 하지 않는다고 야단만 맞는 완주는 내가 선생님이라는 사실 하나만으로도 고통을 더하는 존재로 여겨졌을 것이다. 학교나 선생님은 완주에게 있어 엄마 아빠가 없는 세상을 채워주기는커녕 자신을 더 외롭게 만드는 공포로 군림하는 듯 보였다. 완주는 할아버지 할머니가 아무리 공부하라고 야단을 쳐도 책을 펴는 일이 없었다. 공부를 하는 척도 하지 않았다. 완주는 그렇게 저항하며 자리고 있었다.

내가 완주네 식구로 완주와 교류하는 방법은 나만이라도 '공부' 같은 이야기는 뻥끗도 하지 않는 것이었다. 그때의 완주가 보여준 외로움이 눈에 선하여 약 2년 전 완주네 집을 찾았으나 완주가 아무런 흔적도 남기지 않고 떠난 것만 알고 왔다. 완주를 만난다면 그때의 더불어 살았던 것에 덤으로 필요하다면 사회적 더불어 살기를 하겠다는 각오였지만 완주를 만날 수 없었다.

완주네 할아버지 할머니에게 나는 타인으로 정의될 수도 있었다. 그러나 할머니는 아침밥을 지으면서 건네는 젊은 시절의 이야기로 나를 어느새 자신의 친구로 만들었다. 할아버지는 월급날 사다 드린 담배 한 보루를 들고 동네를 돌며 자랑하시는 그 한가한 모습으로 나를 자신의 가족, '우리 아'임을 공고히 했다. 그때 완주 할머니와 할아버지가 지녔던 세월의 소박함은 내가 지니고 싶었던 삶의 진정성과 같은 맥락이었다.

'우리 아'로 나를 정의 내린 할아버지는 약초 재배를 전문으로 하는 청년에게 나를 쓸 만한 결혼 대상자로 노출시키셨다. 어떤 영문인지 어느 날 저녁부터 완주 할아버지는 내게 "야야, 이리로 건너와 이야기 좀 들어보거라" 하시며 큰방으로 부르셨다. 그때 큰방에서는 어느 사찰에서 대학 공부를 마친 후 집으로 다시 온 청년 한 명이 경전 이야기를 하고 가곤 했다. 처음 들어보는 낯선 지식의 세계로 며칠 저녁에 걸쳐 흠뻑 빠져들었다. "아미타불이란 아득히 먼 곳으로부터의 진리"라고 했는지? 지금 기억에 남는 이야기는 없지만 그때 '아! 이 사람은 내가 모르는 무엇인가를 많이 알고 있구나!' 하고 심취했었다.

어느 날부터 그 지식인 청년은 날마다 새벽이면 자신의 약초 농장에서 작약 같은 꽃들을 한 아름씩 자전거로 실어 오기 시작했다. 그리고 날마다 한 장씩의 편지를 두고 갔다. 한문을 많이 알고 있었고 아주 대단한 달필이었다. 그러나 그 청년이 나와 결혼하고 싶다는 뜻을 비치는 순간 그 사람이 무서워지기 시작했다. 이유 없이 무섭고 싫었다.

어떤 날은 나를 기다리고 있는 그 청년이 무서워서 다른 여교사의 집으로 퇴근을 할 때도 있었다. 사정을 알고 보니 할아버지가 약초 재배 농장의 그 청년에게 "자네가 장가를 가려면, 우리 아 같은 사람이어야 하네!" 하고 말씀하신 결과였다. 그러나 워낙 내가 싫어하는 상황이 되자 할아버지와 달리 할머니는 "감히 우리 아를 넘보다니!" 하시며 청년을 야단치셨다.

청년의 짝사랑은 내가 괴로웠던 것 이상으로 청년에게도 처절하게 힘든 과정으로 보였다. 내 방문 앞에서 한마디만 말을 나누자고 밤새도록 서 있는 그 상황에서 방문을 안으로 걸고 화장실도 갈 수 없었던 고통은 지옥이었다. 어쩔 수 없이 3년으로 계획했던 매화리 완주네 집에서의 생활을 접고 전근을 신청해야 했다.

매화리를 떠나기 전 그 청년의 아버지는 아들을 살려달라 하셨지만, 할 수 있는 일은 아무것도 없었다. 내가 그 청년을 그토록 무서워한 이유에는 두 가지가 있었다. 그 청년은 세상 때가 없는 순수한 사람이었지만, 나는 이미 세상 속진으로 떡이 되어 있어 저울의 기울기가 애초에 무너져 있었다. 순수의 균형이 전혀 맞지 않았던 것이다. 그 청년은 나와는 평생 대화를 나누며 살 수 있다는 확신 때문에 청혼을 한다 했지만, 나는 그 청년이 대단한 얼짱이 아니었다는 것이 또한 싫었다. 그 청년이 대단한 얼짱이었다면 혹시 내 운명으로 받아들였으려나? 백모님께서도 "사람이 싫은 것은 어쩔 수 없는 일이다" 하셨듯이, 그 상황이 다시 와도 일방적 사랑에는 동의하지 않을 것이다. 세상에 어떤 사랑인들 쉽고 달콤하기만 할까. 그중 짝사랑은 오직 끔찍한 비극일 뿐이다.

매화리 완주네 집을 떠나기 전 완주 할아버지는 갑자기 병환으로 자리에 누우셨고, 할머니께서 사정이 있어 집을 비우는 날은 할아버지 간병을 대신했다. 더불어 살기의 기본은 어떤 사정이 생기면 그 가족의 일원으로 조력자가 될 수 있는 신뢰임을 그때 경험했다.

완주 할아버지께서 '우리 아'라고 불러준 그 사실은 소중했다. 할아버지께서 내린 '우리 아'라는 호칭은 박사라는 공적 호칭에 비할 수 없는 숨겨진 보석 같았다. 완주네 집에서의 더불어 살기는 된장 속 같은 토양, 거름 냄새가 주는 아득한 정서의 따짐이 없는 신뢰, 소낙비가 남긴 무지개의 흥분까지도 포함하고 있었다.

모든 일은
마음먹기 달렸다

매화리 생활이 인간을 느끼고 교류하는 삶이었다면, 새로 전근한 두 번째 학교는 인간에 대한 의심을 가져다주었다. 그래서 삶은 알 수 없는 수레바퀴라고 하는지!

두 번째 중학교는 3년 전에 세워진 신설 학교로 건물은 동네에서 한참 외딴곳 높은 언덕 위에 저 혼자 휑하니 있었다. 학교 교문을 들어서기 위해서는 비탈진 언덕을 올라야 했는데 너무 길고 가파른 탓에 더운 여름날에는 학생들을 위해 쏟아야 할 에너지가 교문 앞에서 다 소진되었다. 매화리 학교와는 대조적인 이 학교가 처음부터 마음에 들지 않았다. 마음에 들지 않는다는 이미지는 결국 그 학교를 떠나게 하는 요인으로 따라다녔다. 그래서 가끔 생각을 정리한다. 모든 일은 긍정적 관점에서 출발해야 긍정적 결과를 보장받을 수 있고, 나쁜 이미지는 금물임을!

나와 같은 날에 부임하신 교장 선생님은 평생을 공업고등학교에만 계시다 교장 선생님으로 승진 발령을 받아 오신 분이었다. 내가 그분 평생에 처음 대하는 여교사였다. 남교사들에 비하여 여교사의 능력이 어떤지 확신이 없으셨다. 처음에는 담임 배정을 못 받았고, 2학기가 되자 "잘 가르치는구먼" 하시며 담임을 맡기셨다. 담임을 중간에 교체하는 것은 학생들에게 바람직한 일이 아니라는 생각에 불편했지만 복종해야 했다.

마음속에 불평이 가득했던 두 번째 중학교 근무에서 얻은 것은 의외로 많았고 후일에 많은 도움이 되었다. 그중 한 가지는 "모든 일은 마음먹기 달렸다"는 것을 체험한 일이다. 신설 학교였기 때문에 교직원 수가 많지 않아서 일직이나 숙직 당번이 너무 자주 돌아오는 일로 선생님들은 불만이었다. 더구나 남자 선생님들만 숙직할 수 있는 관계로 미안할 뿐이었다. 때마침 구정이어서 모두가 집안 제사에 참석해야 하는 사정들이 있었다. 구정 전날 숙직을 하겠다고 자원했다. 별 반대 없이 승인되는 과정을 거쳐 밤에 홀로 숙직을 하게 되었다. 매화리 학교는 동네의 이웃으로 존재했었으나, 이 두 번째 학교는 산 밑에 지어졌고 외부 침입이 있다면 쉽게 도움을 청할 수 없는 고고한 위치에 있었다.

우선 숙직실에서 밤새워 책을 보겠다는 심산이었다. 앉은뱅이책상을 방 가운데로 끌어다 놓고 앉았는데 뒷산 쪽에서 누군가 넘어오면 어쩌나 겁이 나기 시작했다. 무서움에 몽둥이 하나를 가져다가 숙직실 문 안쪽에 세우는 조치를 했어도 마음은 불안하기만 했다. 가져다둔 몽둥이가 공연히 마음을 불안 쪽으로 밀어놓은 탓이었다.

'내가 만약 이 방을 들어서는 사람에게 저 몽둥이를 쓴다면 그 사람은 내 몽둥이를 맞고만 있을 것인가?' 혼자 질문해보았다. '아니다' 하는 답이었다. 그 몽둥이 대신 마마가 숙직하면서 먹으라고 싸주신 온갖 설음식을 쟁반에 담아 문 앞에 차렸다. 이 방에 오는 사람이 누구이든 이 음식을 함께 먹으면서 이야기나 나누자 하고 생각을 바꾸는 순간 불안에서 벗어날 수 있었다. 마음먹기에 따라 불안과 평화가 엇갈렸다. 교육청에 보고되는 숙직 교사 명단에 나의 남성적 이름 대신 '이영희' 같은 여성스런 이름이 올랐다면 왜 여자 교사가 위험하게 숙직을 하게 되었는가 지적받을 일이었지만 내 이름 덕으로 아무 일이 없었다.

다른 한 가지는 장사를 하는 사람이 되어도 가능성이 있을 것이라는 확신이었다. 셈하기를 못한다 해도 겁먹을 것 없다는 것이 증명되었다. 바꾸어달라 통사정을 했으나 나에게 주어진 사무 분장은 여전히 협동조합 담당이었다. 협동조합을 담당하면서 학생들이 자치적으로 운영·판매하는 학용품 일체를 매 주말, 집에 가는 시간에 도매상에서 사다가 날랐다. 이 과정에서 교장 선생님은 생소한 한 가지를 요구하셨다. 즉, 사가지고 온 물품이 영수증의 물품과 동일한지 교장 선생님 앞에서 일일이 대조를 하라는 말씀이었다.

그 순간 교장 선생님이 지닌 삶의 방식이 너무 복잡해 보여서 그냥 아무 말도 하지 않고 멍하니 있었다. 마치 내가 부정을 저질렀기 때문에 할 말이 없는 사람인 양! 한참 후에 여전히 내 앞에 서 계시는 교장 선생님께 일러드렸다.

"지금 제가 사 온 물건을 판매 담당 학생이 물품 영수증과 대조하고 있을 것입니다. 학생과 함께 내용을 확인하시는 쪽이 편리할 것 같습니다."

내 인격에 대한 모독인 듯해 몹시 놀랐던 것이 사실이다.

학기가 끝나고 결산을 했을 때 앞선 분기에 비하여 이익금이 훨씬 크다는 사실에 놀라고 기뻤다. 하긴 당연한 결과였다. 앞서 담당했던 선생님들은 출장을 가서 물건을 사 오느라 출장비가 지출되었지만 나는 집에 가는 길에 사 왔으므로 별도의 지출이 없었던 것이다. 어쨌든 협동조합 일을 성공리에 마무리한 결과는 "무엇이든 힐 수 있다"는 자신감으로 남았다.

그러나 두 번째 학교를 통하여 얻은 부정적 경험은 미숙한 인간관계에서 빚어진 아픈 생채기였다. 처음부터 학교의 위치 등이 마음에 들지 않았는데 교장 선생님이 어느 날 불시에 교사들의 책상 서랍을 열어 확인 감독을 하신다는 사실에 또 혼자서 분개했다. 하나의 일을 두고 혼자 분개한다는 것은 분명 나에게도 문제가 있다는 뜻이다. 교장 선생님과 같은 학교에 근무하지 않겠다는 결심을 했다.

고집대로 기어이 그해 말에 생애 세 번째 학교로 전근을 갔다. 최소 2년은 같은 학교 근무가 원칙이었지만 동일 지역 내 전출은 가능했다. 그 교장 선생님은 경쟁이 되는 이웃 학교로 간다면 지금보다는 편하게 교직을 수행하라고 조언해주셨다. 무슨 말씀을 하신 것인지 다 알고 있었다. 하지만 다른 학교의 성적을 돋보이게 하기 위해 자신의 학생들을 위태롭게 할 교사가 세상에 있을까!

가장 크게 깨달은 것은 두 번째 학교에서 받은 실망감으로 교직을 당장 그만두겠다고 생각한 순간에 나타난 현실적 벽이었다. 교장 선생님의 독특한 성실성이 마음에 들지 않는다고 감히 교사직을 그만두겠다고 생각한 적이 있다. 사람들은 자신의 책임과 의무 때문에 생존을 유지한다는 것도 사실인 듯했다. 어느 날 두 번째 학교가 위치한 그 높은 언덕을 힘겹게 오르면서 '이번 달 말일에 사표를 쓰자'라고 마음을 먹었다. 그런데 말일이면 서울대학원에서 석사 공부를 하고 있는 헐레벌떡에게 하숙비를 부쳐야 한다는 사실을 깨닫고는 절망했다. 약속이라는 족쇄로 자신을 옭아둔 것을 잊고 있었던 것이다. 누군가가 내 월급을 사용해야 하기 때문에 그 월급 받는 일을 그만둘 수 없다는 현실이 문자 그대로 비참했다. 한 번도 생각해본 적이 없는, 내가 부자였으면 하는 바람도 솟았다. 돈이 없는 처지이니 사표를 쓸 수가 없었다.

교사직을 그만둘 수 없다는 사실을 알아차린 순간, 오빠들이 참 불쌍하다는 생각이 처음으로 들었다. 오빠들도 자신들의 식구들 때문에 직장을 그만두고 싶어도 그만둘 수 없다는 것을 그때 처음 알았다. 하긴 내 오빠들만의 경우일까? 그날 이후 직업을 기분대로의 선택이 아닌 절대의 가치를 지닌 신성불가침의 성역으로 재인식했다. 내가 일하는 곳이 곧 내 존재를 실현하는 곳임을 깨닫게 한 그때의 '현실 확인 경험'을 내내 잊지 못한다.

천직이라 생각했던
교사 생활을 뒤로하고

두 번째 학교에서 세 번째 학교로 전근한 것은 여러모로 행운이었다. 우선 세 번째 학교는 첫 번째 매화리의 학교처럼 마을 풍경과 더불어 아늑한 분위기였다. 거기다 오랜 전통까지 갖춘 학교였다. 특히 마음에 든 것은 사방으로 내가 좋아하는 키 큰 포플러나무들이 가득하고 운동장 끝을 가로지르며 흐르는 작은 개울이 속삭이듯 맑은 물소리를 내고 있는 것이었다. 이 세 번째 학교의 운동장 한쪽을 흐르는 맑은 개울물에 대하여 서울 사는 조카들에게 자랑을 한 적이 있었다. 개울물 이야기를 동화 속에 나오는 신비의 세계로 받아들인 당시 초등학생 연령의 조카들은 그 개울과 내 자취 생활을 구경하겠다며 시골 방문의 날을 잡았다.

약속 날을 앞둔 저녁에 주인집 화장실을 사용하면서 '이건 아니다' 싶었고 조카들과의 약속을 취소했다. 그날 주인집의 푸세식 화장실에서는 유난히 오물이 내 엉덩이 쪽으로 튀어 올랐다. 그 푸세식 화장실로 인한 곤혹은 어린 조카들을 오물이 튀어 오르는 '경험의 직접성'에 노출시킬 수 없다는 위기의식에 빠지게 했다. 혹여라도 상상에 없는 혐오 경험이 "사람 밑에 사람 있고, 사람 위에 사람 있다"는 뒤틀린 차별 정서를 심는 동기가 될까 겁이 났다. 비교적 상류 생활에 익숙한 조카들은 아직 어린아이들이었다. 푸세식 화장실 경험이 농촌을 이해하는 수단이 된다는 보장이 없었다. 색다른 경험의 장이 될 것이라는 어떤 논리도 안전한 베팅은 아니었다. 나는 경험의 직접성이나 기억의 불균형 현상이 인간 이해를 혼돈케 하는 마취제임을 이미 체험한 처지였다.

세 번째 학교의 교장 선생님은 자연 친화적 교육 철학을 강조하셨다. 후일 '괜찮은 교사'로 사립 고등학교 교단에 서게 해주신 고마운 분이었다. 전체 학생들 조회 시간에 강조하신 것이 "하루 한 번 대변 보기"였다. 그때는 교사인 나 역시 귀담아들을 내용으로 인식하지 않았던 것이 사실이다. 그러나 그 말씀은 오랜 세월을 두고 체득된 삶의 실체를 쉬운 말로 풀어주신 예가 되었다. 대부분의 사람들은 몸이 망가져서 생의 전부를 잃어버릴 경우를 생각할 겨를이 없다. 그때의 교장 선생님께서는 하루 한 번 대변 보는 습관이 평생의 삶을 화평하게 하는 비법임을 전수해주셨다. 나의 경우만 하더라도 하루 한 번 대변 보기가 습관화되어 있었다면 현재의 완전 파괴된 건강 상태를 피했을 것이다. 하루 한 번 대변 보기를 습관화하려면 먹어야 할 충분한 양의 음식을 골고루 먹어야 한다. 물도 충분히 마셔야 한다. 그렇게만 한다면 누구든 건강하게 될 것이다. 그러지 않으면 변비의 고통을 감내해야 하는 일이 발생한다. 종국에는 신문 기사에 있던 어떤 사람처럼 변비약을 먹다가 그 부작용으로 세상을 떠나는 불운에 빠질 수도 있다. 그 진리를 그때의 우리는 지나치고 있었다.

세 번째 학교에서의 교사 생활에는 불만이 없었다. 마마가 가까이 계셔서 자주 다녀가시곤 하셨다. 수박, 참외로 유명한 고장이었기에 수박은 마마랑 평생 먹을 것을 그때 다 먹었다. 방 앞에는 학부형들이 가져다둔 수박이 하루에도 몇 통씩 쌓여 있던 인심 좋은 시절을 살고 있었다.

그러던 어느 날 영원한 담임 선생님으로부터 두 번째 부름을 받았다. 즉시 서울로 올라오라는 명령 같은 지시를 받았을 때 난생처음 운명이 뒤틀리는 불안을 느꼈다. 삶의 방향이 내가 원하는 대로 되어가지 않을 수 있는 그 지점이 다가오고 있었다. 교사직을 종결하는 사표 쓰기는 상상 속에도 존재하지 않던 일이었다. 교사직은 우여곡절을 거쳐 스스로 선택하고 지켜낸 나의 존재 이유였다.

며칠을 두고 결정을 미루고 있었다. 선생님께서 한 조직의 책임을 맡으시면서 나를 휘하에 두시고자 하신 결과였고 그 뜻을 거절한다는 것도 쉬운 일이 아니었다. 선생님께서 제안하신 일은 정치적인 위험성이 높았다. 불안정한 미래를 담보로 현재의 교사직을 기꺼이 버릴 이유를 찾느라 곤혹스러운 며칠이 지나가고 있었다. 마마께서는 "잠을 좀 더 잘 수 있는 자리라면 가라" 하셨지만 그럴 자리가 아님은 자명한 일이었다.

며칠을 보내는 사이 이미 특별 신원 조회가 끝났고, 교육청 장학관이 나의 세 번째 학교로 인사를 오는 상황으로 발전되었다. 장학관의 기대에 부응하는 사표를 건네면서 '내가 교사직을 떠나게 되다니 운명이라는 것이 이런 경우인가?'라고 아연했다. 교사직 사수는 어, 어, 하는 사이에 실패하고 말았다. 신원 조회 의뢰처가 최고위 권력기관이라는 그 오해만으로 패전의 멍에를 썼다.

물론 어떤 경우에도 마지막 결정은 본인의 선택이다. 결정은 나의 선택이었다. 우유부단함이 삶의 방향을 불안하고 낯선 곳으로 정해버린 것이다. 그때의 나 자신을 무엇으로도 변명할 수 없다.

만약 그때 사표를 내지 않았다면 영어 교사직을 천직으로 방학을 즐기면서 학생들을 '제자'라고 떳떳이 말할 수 있는 삶을 꾸렸을 것이다. 지금의 교수직과 그때의 교사직을 누가 바꾸자고 한들 바꾸지 않았을 것이다. 그만큼 교사직을 좋아했고, 현재의 교수직에 없는 긍지와 애성을 지니고 있었다.

참말 한
죄

선생님의 두 번째 부름으로 시작된 생애 일곱 번
째 직장은 짐작대로 풍선 같은 긴장감이 팽배했다. 총무부장이라는 자
리에서 예정된 일과표로 수행되던 교사직의 안정감을 바라기란 언감
생심이었다. 날이면 날마다 알 수 없는 잡다한 일들이 무질서하게 파
도치는 형상이었다. 정·재계의 대단한 어른들이 참석하는 회의를 준
비하는 일이나, 대형 연예인들을 초빙하는 사회 저변층 대상의 자선
행사를 준비하는 일이나, '새 마음' 발대식 행사나 어느 것 하나 한 치
의 오차도 없도록 조력해야 했다. 내가 몸담은 기관 자체가 우리나라
최고의 국가적 가치 실현을 전제로 출발하였으므로 실수나 나태는 그
지고의 국가적 가치를 훼손하는 것을 의미할 수 있었다. 다른 직원들
의 각오가 어떠했는지는 알 수 없었다. 내게 주어지는 일들을 수행하
는 과정에서 터득한 원칙은 오직 한 가지였다. 즉, 국가적 가치 실현에
걸맞은 완벽한 실현만이 전부였다.

　당시는 새마을운동이 피폐했던 농촌을 새롭게 바꾸는 동시에 국가 발전을 주도하는 개혁과 근면의 화두로 탄생되던 즈음이었다. 우리 기관 역시 새마을운동에 버금가는 국민정신 고양을 목적으로 충·효·예를 바탕으로 하는 '새 마음 갖기 운동'을 전개하고 있었다. 초기에 이 운동은 전국의 청소년들을 대상으로 전개되었으나 이후 대학생들의 정신운동으로 확대되었던 것으로 기억한다. 이 운동과 관련한 학생 행사 준비로 가끔 해당 교육청 장학관들의 방문을 받는 경우가 있었다.

　한번은 행사 협의를 마친 어떤 장학관 한 분이 봉투를 내밀었다. 난생처음 겪는 일이었다. 일의 내용으로 보아 수고하는 쪽은 오히려 지방에서 상경한 장학관이므로 봉투를 받을 아무런 이유가 없었다. 더욱 민망했던 것은 돌려주는 봉투에 그분이 끝없이 당황하던 그 모습이었다. 공직자들이 보다 당당하게 일하는 방법을 배우지 못한 결과로 불필요한 것에 신경을 쓰게 된 경우였다.

　일곱 번째 직장이 윗분에 의한 국가적 정신운동 주관 부서이므로 오히려 상낭한 권력기관으로 인식되고 있음을 알게 된 계기는 한 통의 전화였다. 그날은 어느 지방에서 진행될 행사에서의 단상 배치도를 당장 확인해야 하는 다급한 처지에 있었다. 윗분이 참석하는 경우의 행사 단상 배치도는 의전과 관련되기에 실수가 없도록 최종 결재자에게 확인을 받아야 했다. '무슨 일로' 최종 결재자와 통화를 해야 한다는 내 말에 비서관은 지금 자리에 없다는 말만 계속했다. 하는 수 없이 "여기가 어디입니다"라는 장소를 덧붙여 말하는 순간 문제는 해결되었다.

그때 '아! 이래서 사람들이 권력에 빠져드는구나' 하는 불안이 밀려왔다. 다른 사람들이 권력으로 오해하는 곳에 머물다 보면 누구나 비슷한 경우에 빠질 것이다. 불안이 내재되는 이유는 끝없이 편리한 권력의 술수를 어느 순간 정당한 것으로 오인할 여지가 있었기 때문이었다. '어떤 일'로 제시된 정당한 조건보다는 '어디'라는 불필요한 조건에 즉각 반응한다는 것은 사회가 '새 마음 운동'으로 거듭나야 할 분명한 이유였다. 문제는 내가 그 거듭나는 일을 추진하는 부서에 몸담았음에도 나날이 절망하게 된다는 그 사실이었다.

그런 중에 어느 날 사무총장께서 "이 부장이 이것 좀 검토해요" 하면서 건네는 격려사 원고를 받았다. 건네받은 원고는 윗분의 지시에 의해 이미 세 번씩 수정된 것이었으나 인쇄에 들어가도 좋다는 승인을 받지 못한 문제의 원고였다. 우리나라 최고의 필진이 심혈을 기울인 그 원고의 최종 귀착지가 내 손 위가 될 것인지의 확신은 어디에도 없었다. 우선 그 원고를 사용할 주인을 머리에 떠올렸다. 다음은 상식적으로 국가의 전체 집단은 하위 정신층 10퍼센트와 상위 정신층 10퍼센트, 일반 정신층 80퍼센트로 구분되는 계층적 구도를 분석해보았다. 80퍼센트에 해당하는 일반 국민의 복지와 향후 삶의 질은 현재의 리더십이 상층 10퍼센트에 의한 것인지 하위 10퍼센트에 의한 것인지 그 여부에 따라 절망과 희망으로 갈리게 된다. 나름대로 파악하고자 한 것은 그때 우리나라의 통치적 리더십이 상위 정신층 10퍼센트에 의한 것인지의 여부였다.

최고의 필진이 풀어낸 내용임에도 원고의 주인이 세 번씩이나 수정을 요구했다는 사실은 우선 반가웠다. 80퍼센트의 일반 국민을 귀히 여길 줄 아는 상위 10퍼센트 정신층에서만 가능한 성실하고 높은 덕성의 리더십이었다. 하위 정신층의 사람들은 치열하게 내용을 검토하는 성실성을 경멸한다. 자신의 바람을 실현하는 정당한 노력을 간과하고 치열함에 길들여져 있지 않은 것으로 알려져 있다. 따라서 지속적으로 네 번씩이나 재검토 지시를 내릴 수 없었을 터였다. 그 원고의 주인은 그 행사에서 단지 인쇄된 내용을 청중들에게 '읽어주는 사람'으로 전락하지 않을 강한 의지를 지니고 있었다. 그러므로 그 내용은 원고의 주인이 지고의 리더십을 지녔다는 사실을 뒷받침할 국가관을 담고 있어야 했다. 동시에 80퍼센트의 일반 국민들이 정신 허약증으로 고통받지 않을 구체적 대안을 세세히 설명할 수 있어야 했다.

내가 확인한 몇 가지 사실을 토대로 그 원고의 주인이 무엇을 담고자 하는지에 집중하면서 최선을 다했다. 이미 워낙 잘 다듬어진 작품이어서 사실 어느 부분을 수정해야 하는지도 난감했다. 단지 그 원고의 주인이 지닌 국가에 대한 선홍색의 애정, 청소년들에게 전달되어야할 진정성이 온전히 글 속에 녹아 있기를 기도처럼 살피고 다듬었다. 원고는 나에게서 다시 그 원고의 주인에게 돌아갔고 다행하게도 더 이상 재검토 지시는 없었다.

1년 전 서재에 가득 차 있던 전공 서적들을 하루 종일 꾸린 다음 트럭으로 실어 나가게 했다. 지식으로 살기보다는 그저 하나의 자연으로 살겠다는 내 의지였다. 그 과정에서 오래전에 그토록 심혈을 기울여 읽고 다듬었던 그 원고가 인쇄된 황갈색 표지의 9페이지짜리 소책자를 발견했다. 우연한 발견이었다. 그 원고의 주인께서도 그 책자를 지금 보관하고 있는지는 알 수 없다. 내게는 아주 특별한 세월의 선물로 남겨진 듯했다.

새삼 내용을 찬찬히 읽어 내려갔다. 표지에는 '경기여자고등학교 새마음 갖기 결의 실천대회, 격려사, 1978. 4. 21.'이라고 적혀 있었다. 지금부터 약 35년 전 그 격려사의 마지막 내용은 나 역시 삶의 지표로 삼고자 했던 바로 그것이었다. 전체 내용은 지금에 더 유용하고 필요하다는 생각이다. 아래는 내가 사랑하는 우리 아이들에게 주고 싶은 이야기와 다를 바 없기에 아주 조금만 옮겼다.

…… 또한 누구든지 모든 일을 슬기롭게 하고자 하지만, 지혜란 바로 성실성에서 오는 것임을, 그리고 사업을 성공으로 이끄는 오직 한 길은 신용에 있음을 깨닫지 못한다면 그 사람은 진리를 수백 리 밖에서 찾고 있는 것이며 결국은 영원히 찾지 못하고 말 것입니다. 충·효, 그리고 예 안에 바로 우리를 인도해주는 길이 있으니, 이것을 익히고 익혀 학생 여러분 모두가 더욱더 훌륭하고 아름다운 인간으로 성숙되어 우리 사회, 우리나라를 빛낼 것을 온 마음으로 기대하겠습니다.

　－1978년 4월 21일

모든 일에 있어 출발이 좋으면 결과도 비교적 좋은 것으로 나타난다. 그러나 일곱 번째 직장 생활의 출발은 그 반대였다. 어느 날부터인가 내부 기강이 어느 개인에 의하여 부당하게 흔들리는 것은 물론 혼란에 빠지고 있음을 피부로 느꼈다. 예정되었던 일정이 순간에 뒤집어지는가 하면 바람이 어느 쪽에서 불어오는가에 따라 풍향계가 흔들리듯 계획된 일들이 부당한 간섭으로 뒤틀리는 현상이 목격되었다.

그런 현상은 시류에 편승하고자 하는 주변인들로 인하여 당연한 듯 일어났다. 다만 일상의 파장에 불과하다는 것을 이해하고 대처할 요령이 나에게는 없었다. 확인하고 싶은 욕구만 가득했다. 그 부서를 궁극적으로 책임져야 할 수장의 의지가 그러한 방향인지 아니면 중간층에서 만들어내는 부당함인지 그 여부를 확인하고 싶었다. 국가의 정신운동을 관장하는 중앙 기관의 수장이 그 정신운동을 훼손하는 부당한 일들을 알고 있을 것 같지는 않았다. 모르고 있다면 알려주는 것이 바로잡는 기회가 될 수 있다는 생각이었다. 일반적으로 사람들은 고양이 목에 빙울을 다는 무모한 일은 하지 않는다. 그러나 나는 교사 자격증을 가진 사람인 만큼 그 일이 필요하다면 내가 하겠다는 결심을 했다.

보고 체계에 있는 비서관을 믿지 않았기에 상세 내용을 적은 보고서를 "꼭 읽어주십시오" 하는 부탁과 함께 행사장에서 나오는 최고 보스인 윗분에게 전했던 시간은 선선한 가을날의 오후였다. 그럼에도 그 보고서를 전하고 돌아서 나왔을 때 내 등에는 식은땀이 흥건했다. 예고 없이 전하는 무엇인가가 위협이 된다고 경호원이 판단한다면 저격의 대상이 되거나 체포될 수도 있다는 것을 각오한 터였다. 돌아서는 순간 온몸에 소름이 솟구친 것은 자연의 이치와 같았다.

두고두고 부서를 관장하던 담당 비서관을 용서할 수 없다고 생각한 것은 그날 저녁에 일어난 하나의 사건 때문이었다. 마마와 함께 저녁을 먹던 참이었다. 거실 전화가 울리고 내용은 "찾으십니다" 하는 전갈이었다. 낮에 있었던 일로 나를 찾는다는 생각만 하고 현관으로 내려간 순간 대기하고 있던 차 안으로 떠밀쳐졌다.

"너희들은 누구야!"

소리치는 내 목소리는 소용이 없었다. 도착한 곳은 서대문경찰서 구치소였다. 그때의 서대문경찰서 구치소는 세면대도 없는 화장실이 내부 구석에 노출되어 있는 벌거숭이 시멘트 방이었다. 먼저 와 있던 여대생 한 명이 나에게 물었다.

"언니는 어떻게 여기 왔어요?"

그냥 웃었다. 어이없이 순식간에 당한 납치가 도무지 믿어지지 않았기에! 그 여대생에게 했던 대답은 간단했다.

"영어 교과서 어딘가에 있었지요? '참말 한 죄'라는 제목을 단 내용이. 나는 참말 한 죄로 잡혀 온 것 같아요."

다음 날 저녁 무렵 나는 즉결재판의 형식을 거쳐 집으로 돌아왔다. 내가 손님용 기념품 비누 하나라도 취한 것이 있었다면 그것을 빌미로 구치소에서 형무소로 넘겨질 중요한 시점이었던 것을 나중에야 알게 되었다. 하루 종일 아무리 찾아도 형무소로 보낼 근거는 없고 납치를 지시한 비서관은 나를 구치소에 머물게 할 명분이 없었다.

저녁나절 판사 앞에 섰지만 판사는 나를 한 번 쳐다보기만 하고 다시 안으로 들어갔다 나오는 것으로 끝이었다. 판사와 나는 한마디도 말을 하지 않았고 서로 쳐다보는 한순간이 전부였다. 판사가 왜 여기 오게 되었는가 그 연유라도 물으면 "참말 한 죄로 왔습니다" 하고 대답하려고 준비하고 있었는데 그럴 기회도 주지 않았다. 참 희한한 초간편 재판이었다. 겪어야 할 액땜을 한 것으로 치면 짧은 시간에 거쳐낸 다행한 일이었다.

구치소에서 나올 때 오빠들과 선생님이 나를 기다리고 있었다. 내가 어디에 있다는 것을 알아낸 오빠들의 능력이 그때처럼 커 보인 적은 없었다. 특히 당시 공직에 있던 둘째 오빠가 선생님께 "애를 데려다 이 모양이 뭡니까?" 하고 노발대발했기 때문에 선생님께 고개를 들 수가 없었다.

집에 돌아왔을 때 지금도 그때의 분노와 아픔이 되살아나는 사실 하나를 알게 되었다. 린치를 당한 것을 알게 되었던 그 순간, 내 마마께서 졸도하시면서 순간 소경이 되셨다는 사실이었다. 그 말을 전해 듣기 전까지는 죄 없이 린치를 당한 것도 인간이 지닌 취약한 굴레일 뿐이라는 연민으로 정리할 수 있었다. 살아가는 모든 일이 예측을 불허하고 억울한 일들이 언제 누구에게나 발생될 수 있다는 것을 직접 체험했고 그 결과가 나쁘지 않으니 불평할 일이 아니라는 수준이었다. 소크라테스는 "악법도 법"이라는 말을 남기고 사약을 마셨다는 기록도 있음에야!

그런데 나의 마마께 졸도와 순간 소경이 되시는 기막힌 충격을 입게 한 그 사실만은 내 체험으로 대체할 일이 아니었다. 영화에서처럼 딸의 원수를 갚겠다고 온 천지를 뒤지는 총잡이가 될 수 없다는 것과, 그 비서관의 관직을 박탈해달라 탄원서를 쓰는 일이 무용지물임을 잘 알고 있었다. 그러나 사용할 수 있는 가장 강한 무기를 사용했다.

그 비서관을 저주했다.

"당신은 절대로 온전치 못할 것이다. 부당하게 나에게 가한 린치는 문제 삼지 않는다. 그러나 당신이 저지른 그 부당성이 내 마마에게 소경이 되는 극약이 되었다는 그 아픔에 대해시는 절대 용서하지 않는다. 당신은 영원히 소경이 되어 눈을 뜨고 있어도 불행한 삶을 살게 될 것이다. 절대로 당신을 용서할 수 없다. 용서하지 않으므로 나는 당신을 저주한다."

실제 그렇게 말로 저주했다. 후일 그 비서관은 그 자리를 보전하지 못했고 행복하지 않은 것으로 확인했을 때 그를 잊었다. 그러나 기억에서 지우려 했을 뿐 마음으로 용서한 것은 아닐 것이다. 지금도 그 기억을 떠올리면 마마를 향한 나의 아픔이 나를 울게 하므로!

그러나 당시 내 최고의 보스에 대한 존경에는 변함이 없다. 내가 보았던 그 어른은 나라 사랑에 혼을 다하시는 태생적 리더였다. 자신이 참석하는 행사로 인하여 혹여 일상을 방해받는 지역민들이 없는지 알아보라는 지시를 받을 때마다 그 보살핌의 정신이 귀하게 여겨진 것은 나 역시 국민의 한 사람이라는 주권 의식 때문이었을 것이다. 혹시 내가 말기 암을 긍정한 대가로 여전히 살아 있고 그분이 한가로운 때가 온다면 이번에는 총 맞을 위험 없이 그때처럼 불쑥 찾아가 물어볼까 한다. "혹시 그때가 기억에 있으십니까" 하고.

아! 님이여, 나의 조국을 위해 강건하소서!

다시 교사로
서다

　참말 한 죄로 린치를 당한 일이 있은 후 지체 없이 서울을 떠나 대구 집으로 내려왔다. 먹고살아 갈 어띤 방도가 있는 것도 아니었지만 일곱 번째 직장을 미련 없이 포기했다. 공립 중학교 교사직을 그만둘 때와는 정반대의 홀가분한 기분이었다. 헐레벌떡에 대한 부담도 끝난 때여서 마음이 한결 가벼웠다.

　집에 내려오기가 바쁘게 세 통의 전화를 받았다. 가장 빠른 전화는 내 부서를 담당하는 비서관으로부터의 출근해달라는 요청이었다. "절대로 다시 가지 않습니다. 그리고 당신을 용서할 수 없습니다"로 통화를 끝냈다. 두 번째는 선생님으로부터의 전화였다. 난생처음 선생님께 매우 무례한 언사를 썼다는 후회가 지금도 남아 있다. 선생님의 올라오지 않겠느냐는 권유를 매정하게 잘랐다. 그것도 "선생님이 대통령 하시면서 제게 부통령 하라 하셔도 더는 선생님과 일하지 않겠습니다"라는 칼날 같은 비판과 함께. 철이 없으면 말을 함부로 내뱉게 되는 이치를 그때도 여전히 몰랐다. 세 번째 전화는 대구 근교에 자리한 사립 고등학교 재단 이사장님의 전화였다. 이사장님은 "이덕우 교장 선생님이 괜찮은 교사 한 사람 쓰시오, 했는데 내일 학교로 좀 나와주시오" 했다. 두 분은 평소 친분이 두터우셨는지 이사장님은 괜찮은 교사를 소개받은 것에 신이 나셨고 그 좋은 기분이 전화선으로 전해오는 듯했다.

어떤 일을 어떻게 하겠다는 아무런 준비도 없이 집으로 내려오기가 바쁘게 교사 자리로 돌아가게 되었다. 사립 고등학교의 취업은 생애 여덟 번째 직장이 되었다. 공립학교 교직을 그만둘 일이 없을 줄 알았지만 그만두게 되었던 것이나, 상상하지 않았던 사립 고등학교 교사로 돌아오게 되는 등의 일들을 겪으면서 마술에 걸린 삶이 아닌가 생각하기도 했다.

여덟 번째 직장이 된 사립 고등학교는 남녀공학으로, 도시에서 변방으로 밀려온 듯 공부에 자신 있는 학생들은 많지 않았다. 그들은 다만 목마른 유년기에 함몰된 학생들이었다. 수업 시간에 책상에 엎드린 남학생을 교무실로 호출하면 곧잘 "담배를 피워야 말이 나오는데요?" 하거나 "다리를 책상 위에 걸치지 않으면 다리가 아파요" 하면서 떼를 부렸다. 응대할 말이 없어서 그 눈들을 들여다보며 마주하고 있으면 여전히 물기가 뚝뚝 흐르는 청소년의 여린 객기가 멋이 되어 반짝였다. 유년기에 매달려 지금 공부에 몰입할 수 없는 그들이 바로 내 학생들이었다. 시간마다 엄마 젖을 빨아야 했지만 할머니만 있었고, 엄마 아빠가 해주는 하루 수백 번 까꿍 놀이로 깔깔깔 행복을 배워야 했는데 다들 새벽같이 일만 나갔다. 내 앞에서 담배를 피워야 한다고 보채는 내 학생들은 우리나라 1970년대를 대변하는 시대의 얼굴들이었다.

여덟 번째 직장이며 네 번째 학교의 교사직은 지난날 공립 중학교에서 경험한 것과는 판이하게 달랐다. 그토록 교사직에 미련을 두었던 것은 교사는 배정된 담당 시간만 채우는 월급쟁이가 아니기 때문이었다. 최소한 내가 정성을 다하는 만큼 내 학생들의 마음에 맑고 밝은 긍정의 씨를 자라게 할 수 있는 '마음의 정원사'가 되고 싶었다. 그 길이 곧 교사의 길이라고 믿었다.

내 학생이 수업 시간에 공부 대신 잠을 자고, 선생님과의 대화는 담배 피우기로 대신하려 한다면 이는 내버려 둘 수 있는 일이 아니었다. 나는 그들의 일상적 역행을 순방향으로 돌려주는 키잡이가 되어야 했다. 그것이 내가 꿈꾸던 교사의 마땅한 길이었다. 그러나 내 능력에는 그들의 키잡이가 될 만한 희망의 씨가 없었다. 체육 시간 운동장에서 배 터지게 욕만 먹는 그들을 보면서 내가 천재가 아님을 한탄할 뿐이었다. 그래서 어느 일요일은 하이마트라는 명곡 감상실에 하루 종일 박혀서 딱 한 가지를 바라는 기도에 매달렸다.

'나에게서 부모님도 데려갔고 맨날 나를 골탕만 먹였지만 신이여, 당신이 있다면 나에게 천재적 두뇌를 주십시오. 현재의 내 학생들의 모든 문제를 단숨에 해결할 만큼의 천재성을 나에게 내려주십시오!'

그 고독한 기도의 날이 있었지만, 나에게 천재성은 지금까지도 요원하다. 다만 그날 이후 내 반의 학생들을 한 사람씩 면담을 해보았다. 공부 따위를 할 만하다고 생각하는 어떤 낌새라도 있는지를 알아보는 탐색전이었다. 일부 그들에게도 대학 진학은 넘어야 할 산이었다. 대담에서 짜장면을 먹으면서도 담배 피우기를 허락했고, 다리를 꼬든 책상에 걸터앉든 제멋대로의 방식을 고수하도록 했다. 심지어 눕고 싶다면 책상 위에 누워서 이야기해도 좋다고 했다. 그들이 그때까지 자신들의 노력으로 오랫동안 익혀온 '자유의 멋'을 단칼에 베겠다는 시늉이라도 한다면 마주 보는 일 또한 단숨에 초토화될 것임을 잘 알고 있었다. 그들의 고유성을 대가 없이 훼손할 권한 또한 없었다.

단 한 가지 지금에 와서 아쉬운 것은 내가 미국 사무실에서 본 내용을 써먹었다면 하는 생각이다. 하기는 그런 작은 천재성도 내게는 없었다. 미국에서 전문가 취업 비자를 받고 직장에 처음 출근하던 날 사무실 맞은편 책상의 주인은 자신의 책상 중앙에 알림 메시지를 세워두었다. 내용인즉, "이곳에 들어오는 모든 이는 담배를 빨아들일 자유가 있습니다. 그러나 절대 이곳에서 연기를 내뱉지는 마십시오! 당신의 사유와 함께 나의 자유도 지켜주십시오". 결국 누구든 그 사무실에서는 담배를 피우지 말라는 경고인데, 아이디어가 참신했다. 간접흡연의 피해가 직접흡연의 피해에 상응한다는 통계도 있다. 그때는 학생들에게 담배로 인한 피해를 주절댈 여유도 지식도 없는 암흑기였다.

결국 학생들로부터 배운 결론은 한 가지였다. 학생들의 좌절이나 습관적 행동을 개선하는 것은 거의 불가능한 지경에 왔다는 것이었다. 그런 방법들이 있기나 한지 아는 것이 없었다. 그때야 우리 생애 가장 중요한 시기는 유아기라는 사실을 뼈저리게 느꼈다.

학교에서도 갱단의 보스로서 하는 행동, 담배를 피우는 행동, 언제나 불평하는 행동 등등은 하루아침에 체득된 것이 아니다. 마찬가지로 그 습관을 고치려면 그 습관을 길들여 온 만큼의 시간이 소요된다. 한 가지 가장 확실한 방법은 스스로 좋은 행동으로 바꾸겠다고 깨닫는 일이었다.

이와 달리 유아기에는 악을 쓰고 우는 행동 하나도 쉽게 고칠 수 있다. 지금의 내 학생이 아기였다면 아무리 악을 쓰며 우는 행동을 해도 그때마다 뽀뽀로 얼굴을 비벼주고, 안아주고, 까꿍 놀이를 해주고, 먹을 것을 주었을 것이다. 그러면 단 10분 이내에 웃는 얼굴로 돌아왔을 것이다. 그 10분이면 충분한 경우를 다시 10년 이상의 시간이 필요하게 만들고 있었다. 내 학생들은 유아기에 자신들을 성장시킬 계기를 잃어버린 경우였다. 내 학생들도 유아기에는 하루가 다르게 성장하므로 어느 한 가지 행동에 고집을 부릴 필요가 없었다. 매일 새로운 행동이 발생되는 성장기에는 기분 좋은 상호작용을 제공하는 것만으로 충분했을 것이다. 더 어린 나이에 주어져야 했던 감각적·정서적 체험에서 뒤처진 내 학생들을 통한 많은 관찰의 날들은 후일 학위 과정에서 정서·행동장애와 유아특수교육을 전공하게 한 분명한 이유였다.

네 번째 학교의 학생들은 그들을 좀 더 이해하기 위해서는 좌절보다는 공부가 필요하다는 암시를 주는 듯했다. 결국 정서·행동장애 전공의 대학원 원서를 내고 필기시험을 거쳐 합격이 되었을 때, 나는 '정해진 팔자가 있는 것인가?' 하는 의구심을 떨쳐버릴 수 없었다. 이러한 의구심에는 이유가 있었다.

세 번째 공립 중학교에 근무할 때였다. 하루는 자취방 주인댁 할머니께서 손금 보는 할머니가 자신의 손금을 보고, 아들이 장가를 가면 장모가 둘이 된다는 말을 했는데 아들이 장가를 가고 보니 정말 두 명의 장모가 있더라는 이야기를 했다. 마침 그 용한 손금 할머니 집이 멀지 않은 곳에 있었기에 같은 학교 교사 친구 한 명과 그 할머니께 가서 심심풀이로 손금을 보았다.

손금을 보던 할머니가 나에게 대학을 나왔느냐고 물었다. 그렇다고 하자 "대학 위에 뭐 더 있어요?" 하고 또 물었다. 있다고 하자, 나더러

"그거 하세요" 했었다. 그때는 대학원 진학은 생각도 하지 않을 때였다. 그래서 재미있다는 생각으로 다시 던지듯 물어본 말이 딱 하나, "그거 가려면 시험 쳐야 하는데, 합격이나 하겠어요?" 하자 "가면 돼요" 했다. 그때 그 손금 할머니가 다른 것은 이야기한 것이 없는지 내가 기억하는 것은 대학 위에 있는 것을 가라고 했던 그 말이 전부다. 그 손금 할머니는 대학원에 대한 개념이 없으셨던 것 같았고, 자신의 할아버지가 가르쳐준 대로 손금을 본다고 했다.

그런데 전혀 예상하지 않았던 대학원 공부가 우연한 계기로 시작된 것이다. 그때 그 손금 할머니가 했던 이야기대로 진행된 여정이 필연적 팔자인지를 알고 싶었다. 그래서 대학의 교수로 귀국했을 때 그 할머니가 혹여 계실까 찾아갔었는데 그때 그 할머니가 아닌 젊은 분이 손금을 보고 있기에 확인해보지 못했다.

물론 나는 전생, 후생 혹은 팔자보다는 '현재 시간' 숭배자이다. 종교를 만들 힘이 있다면 '현재 종교'를 만들 것이다. 강령은 "현재를 잘 살라"이다. 지금 누구를 욕하지도 탓하지도 않아야 하고 오직 자신에게 주어진 지금의 시간에 충실하기만 하면 모든 일은 저절로 잘 이루어진다는 주장이다. 그리고 '현재 종교'는 자신에게만 충실함으로써 다른 사람들을 괴롭힐 일이 없어지므로 시비가 없는 삶을 이끌어준다. 그리고 어떤 나쁜 경우도 현재 자신의 것으로 인정하므로 문제 될 일이 발생하지 않는다. 이 이야기는 현재 내가 사는 방식인데 살아보니까 부족한 구석이 보이지 않는다.

정서·행동장애 학문의 오직 한 분,
나의 스승님

하고자 했던 공부인 정서·행동장애 전공은 우리 나라에서 유일하게 현재의 대구대학교 대학원에만 개설되어 있었다. 대구대학교는 우리나라 특수교육의 출발지이며 특수교육 관련 학문의 메카라는 명성도 있었다. 중요한 것은 정서장애라는 용어조차 생소하던 시대에 전공이 개설되어 있고, 더 중요한 것은 전공 교수님이 매 학기 미국에서 나오셔서 최신의 강의를 하신다는 사실이었다. 그러나 그 모든 깃보다 가장 중요했넌 요소는 집에서 다닐 수 있는 곳에 대학원이 위치하고 있다는 그 행운이었다. 만약 다른 지방으로 강의를 들으러 가야 했다면 나의 게으름은 대학원 진학을 포기하는 쪽을 선택했을지도 모른다. 나는 아무리 고난에 처한다 해도 결말은 언제나 운이 좋은 쪽이었다.

생활의 지혜를 주셨던 김성혁 교수님의 강의실이 우리 집 앞에 있었던 것과 같이 바라는 전공이 집 가까운 대구대학교에만 개설되어 있었으니, 나는 역시 운이 좋은 쪽이었다.

대학원 석사과정 논문을 쓰면서 지금껏 삶의 지표가 되어주신 한 분 스승님의 존재를 확인할 수 있었다. 그때 석사 논문 지도 교수님은 현재 사단법인 한국정서·행동장애아교육학회 이사장님으로 계시는 강위영 교수님이셨다. 석사 논문 지도가 너무 꼼꼼하고 세밀하셔서 제발 좀 대충 보시고 넘어가 주시길 바라는 기도를 할 지경이었다. 혹시라도 이번에는 OK 사인을 내실까 하고 마음을 졸이고 있으면 예외 없이 빽빽하게 밑줄을 치시고는 다시 써 오라고 하셨다. 그때도 좋은 논문이 되도록 지도받는 것에는 별로 관심이 없었다. 다만 제발 쓰는 페이지마다 지적을 받지 않아야 한다는 것만 생각했다. 그런 현상은 지도 교수님이 지적하여 보충하라는 대로 논문을 쓸 수 있는 실력이 없었기 때문에 일어나는 공포였던 것을 훗날에야 알 수 있었다.

내 생애 처음 석사 논문을 쓰면서 마음 졸였던 그 고난의 나날들을 돌아보면 지금도 고개가 절레절레 흔들린다. 하여 학위논문 심사를 할 때면 가능한 한 다시 써 오라는 이야기는 줄이고자 노력한다. 때때로 올챙이 적 경험은 잊어버리고 소리칠 때도 있다.

"논문은 객관성을 담보해야 하는 과학이에요. 수필을 쓰지 마세요!"

그래서 대학에서 가르친 졸업생들의 경우에 나 스스로는 제자라는 말을 사용하지 않는다. 나의 스승, 강위영 교수님으로부터 배운 제자 사랑과 도리를 그대로 따르지 못하였음을 잘 알고 있기에!

사람은 큰 사람 밑에서
자란다

며칠 전에도 현재의 울 엄마는 내가 교수가 되기 위해 유학을 간 것이 아니었는지 의아해했다. 내가 교수직을 별로 좋아하는 것 같지 않은 분위기 때문에 생긴 의문이었다. 듣고 보니 대부분 사람들은 그렇게 생각할 것 같았다.

실제 유학을 떠난 것은 교수가 되겠다는 그런 목적 때문이 전혀 아니었다. 그저 다만 공부를 하러 갔다. 어떤 무엇이 되겠다는 생각은 아무것도 하지 않았다. 미국에서 공부도 하고 친구랑 미국 생활도 해보고, 그것이 전부였다. 이런 일로 미루어 보면 적당히 게으르고 적당히 단순한 사람인 것 같다.

유학을 그것도 미국으로 가게 된 것은 정서장애 전공을 시작하던 그때는 우리나라에 대구대학교 대학원에만 그 전공이 있었으므로 국내에서 논문 자료를 찾기가 쉽지 않아서였다. 나에게는 나보다 다섯 살이 어리고 약 6년간 동고동락을 하면서 형제 이상이 된 친구 헐레벌떡이 있었다. 그 친구가 미국에서 미생물 분야의 박사 학위 과정에 있었기에 필요한 자료나 원서를 찾아 보내라는 주문을 빈번하게 했다. 생사고락을 함께했던 친구이니만큼 내 부탁은 하늘이 두 쪽이 나지 않는 한 째깍째깍 잘 들어주더니 하루는 느닷없이 그 비싼 전화로 결판을 내고자 했다.

"그렇게 책이나 논문 찾아 보내라고만 하지 말고, 와서 하세요! 와서 해보고 싶으면 다시 가면 돼요!"

내 귀가 솔깃했다. 그렇구나! 싫으면 다시 오면 되겠네! 다시 돌아가면 된다는 그 보장된 한마디에 우선 매료되었다. 한국에 앉아서 신세 지는 것을 포기하고 내가 직접 가서 풍부한 자료 속에서 공부해보고자 하는 마음이 그 전화 한 통으로 부글대기 시작했다. 돌아오면 다시 그 네 번째 학교인 사립 고등학교 학생들을 사랑하며 교직을 계속할 수 있다는 생각도 나를 안심시켰다.

나무는 큰 나무 밑에서 자랄 수 없지만, 사람은 큰 사람 밑에서 자란다는 말이 있다. 내가 유학을 결정할 수 있었던 것은 나를 자라도록 큰 그늘이 되어주신 강위영 교수님이 계셨기 때문에 가능했다. 당시의 대부분 교수님들과 달리 교수님의 대학원 강의는 원서로만 이루어졌다. 초기에는 원서로만 하시는 교수님의 열정적인 강의가 부담이었고 전공 학생 누구나 아우성이었다. 그러나 그 어떤 우리의 불평에도 변화의 기적은 없었다. 종국에는 교수님의 엄격한 단호함을 우리 전공의 전통으로 수용해야 했다. 매시간 시험을 쳤고 그다음 시간에는 되돌려

받은 시험지의 빈약한 성적이 우리를 초라하게 했지만 그것 또한 피할 수 없는 전통이었다.

결과적으로 교수님의 스파르타식 훈련이나 원서 강의 방식은 국제 무대에서의 적응 능력과 안목을 갖추게 하는 기회였다. 더구나 강위영 교수님의 제자 사랑은 참으로 유별나서 지금까지도 대항마가 없다. 학기가 시작될 때마다 돌처럼 무거운 새로운 원서 교재들을 어깨가 휘어지도록 미국에서 날라다 주셨던 일은 우리 교수님만이 하시는 일이었다. 한 번도 빠짐없이 모든 학생에게 필요한 원서나 자료를 직접 구해다 주시는 그 열정은 누구도 흉내 낼 수 없는 우리 전공만이 누렸던 스승의 사랑이었다. 교수님의 별난 제자 사랑 덕분에 학기마다 새로운 지식과 원서를 소유할 수 있다는 것은 우리 전공만이 가진 자랑이었고 자부심이었다.

사는 동안 받을 수 있는 축복에는 분명 존경할 수 있는 스승을 모시는 것도 포함될 것이다. 학문에 있어 스승의 자격을 논한다면 제자들의 학문적 발전을 위한 일에 혼신의 노력을 다하는 그 모습일 것이다. 강위영 교수님은 약 반세기 전에 사재를 들여 우리나라 정서·행동장애의 학문적 발전을 위한 학회 창설을 주도하신 모습에서부터 본이 되는 스승님이셨다.

휘하를 거친 그 많은 졸업생의 근황을 훤히 다 알고 계시는 제자 사랑은 나의 석사 지도 교수님이셨던 30여 년 전이나 지금이나 한 치도 변한 데가 없이 그대로시다.

강위영 교수님, 우리 정서의 한 분 스승님으로 내내 강건하고 또 강

건하소서!

04

교수 세계의
사랑과 우정

남이 할 수 있는 일이라면
나도 할 수 있다

있는 그대로를 밝히자면 중학교 영어 교사였기에 영어 실력 역시 중학생 수준이었다. 사립 고등학교 학생들을 지도할 때는 그때마다 사전에 준비를 철저히 해야 했다. 그런 빈약한 평소 실력으로 당장에 미국 대학원에서 요구하는 토플TOEFL 성적을 얻기란 대단한 숙제였다. 우선 미국공보원의 회화 클럽에 등록을 했지만 포기해야 했다. 그 회화 클럽의 첫 번째 토론 시간은 다른 사람들의 실력 때문에 내가 끝없이 초라한 모습으로 추락한 최초의 경험이 되었다.

그때 이후 변함없는 친구인 계명대학교의 허정명 교수가 유독 내 기를 죽이는 그 첫 시간의 장본인이었다. 그때의 허 교수는 대학생 신분으로 영어를 말하는 능력이 내가 지닌 우리말 능력보다 월등했다. 그 첫 시간을 빠져나오면서 혼자 상황을 정리했다.

"더 이상 기죽지 말자. 그만둔다. 이런 곳에 더 다니는 것은 시간 낭비다."

그 후 말하기보다는 책만 보는 공부로 때웠다. 그 탓인지 지금도 영어 책은 잘 읽는다. 그런데 회화는 우선 말이 떨린다. 이 지난한 문제점의 근원지가 지금의 허 교수로부터 시작된 것을 그 친구는 아마 상상도 못 할 것이다.

살펴보면 삶이란 더없이 신기하다. 딱 한 번 기가 죽었던 정서적 경험이 평생에 걸쳐 영향을 끼친다는 것도 그렇다. 되풀이된 일이지만 목숨이 달랑거리거나 절체절명의 순간에 직면하면 어김없이 행운의 여신이 나를 살려준다. 같은 일이 토플 시험에서도 나타났다.

함께 석사 학위를 받은 동문 한 사람과 동시에 친 토플 시험에서 나보다 실력이 좋았던 그 동문은 입학 허가를 다시 받아야 하는 상황이 되었다. 반대로 나는 무난하게 입학 허가를 받을 수 있었다. 이번에도 운이 좋은 쪽이었다. 하고자 하는 전공이 미국 어느 대학원에 개설되어 있는지, 그 대학이 미국 내에서 어느 정도의 랭킹에 속하는지도 미국공보원 자료실에서 충분히 얻을 수 있었다. 때문에 편리하게 유학 준비가 진행됐다.

오클라호마 대학과 같은 비교적 한적한 대학에서는 장학금을 주겠다는 제안도 해 왔다. 그러나 나는 직접 와서 공부하라고 호통친 친구가 있는 럭거스_{Rutgers} 대학으로 갔다. 동부의 전통 있는 대단한 대학에 입학이 허가되었다 해도 단숨에 영어 실력을 올리기는 무리였다. 다만 9월 학기 개학을 미리 준비하기 위해 1981년 6월, 몇 달 당겨서 미국에 도착했다. 마침 내가 생활할 아파트에는 타이완 태생의 신입생 조링이 먼저 와 있었다.

조링은 이후 내가 미국을 떠나는 날까지 같은 방을 쓴 절친한 친구가 되었다. 그런 조링이 처음 만난 바로 그날 여름방학 기간에 주어지는 교내 하우징 알바 자리 설명회가 대강당에서 열리고 있다는 정보를 주며 같이 가보자는 제안을 했다.

조링을 따라 대강당에 도착했을 때 기겁을 했다. 출입구에서 보이는 앞 단상은 백 리나 떨어진 듯 보였다. 그 넓은 강당에 발을 들여놓을 틈이 없었다. 학생들이 꽉 차 있었다. 럭거스는 큰 대학이었다. 학생들은 방학이면 누구나 일자리를 찾는 것 같았다. 조링은 안으로 들어갈 수는 없지만 이왕 왔으니 지원서나 써놓고 가자고 했다. 지원서는 강당 출입구 쪽 대형 책상 위에 쌓여 있었다.

지원서의 대부분 지면이 자기소개를 하는 난이었다. 한국에서는 익숙하지 않았던 지원서 디자인이었다. 그 넓은 지면을 어떻게 메워야 할시 내 영어 실력이 떨고 있었다. 옆에서 쪼그린 채 완성한 조링의 것에는 대학 재학 시 했던 레스토랑 서빙 알바에서부터 최근 UN 본부를 퇴직한 경력 등등이 뒷면까지 이어져 있었다. 조링의 소개서를 보면서 조링의 내용은 너무 길어서 오히려 감점이 되겠다는 짐작이 갔다. 학교 기숙사 청소 알바에 그렇게 많은 경력이 필요치 않다는 생각을 하는 순간 비어 있던 자기소개 지면을 딱 한 문장으로 채웠다.

I can do everything whatever you can do. "남들이 할 수 있는 일이라

면 무엇이든 나도 할 수 있다"라는 내용이지만, 그때의 영어 실력은 그 한 문장 이상을 쓰기에는 무리였다.

거듭 밝히는 일이지만, 나는 항상 운이 좋은 쪽이다. 조링과 내가 교내 여름 알바 지원서를 쓰고 온 며칠 후 교내 알바 자리 합격 통지서가 왔다. 그렇게 많은 이력을 열거했던 조링은 서류 전형에서 탈락했다. 조링은 왜 자기에게는 합격 통지서가 오지 않았을까 두고두고 의아해했지만, 내 짐작을 표현하지는 않았다. 나를 소개한 단 하나의 문장은 "나에게 주어지는 어떤 일도 반드시 해낸다"는 절대적 고용 가치를 담고 있었다. 우리가 사람을 고용하고자 한다면 주어지는 일을 어떤 조건에 따라 하거나 안 하는 상대적 개념을 가진 고용인은 피할 것이다. 조건에 구애받지 않고 결과를 책임지는 절대적 개념의 고용인이 선호된다. 내가 쓴 자기소개 문장이 바로 절대적 개념이었다. 무엇이든 반드시 다 해내겠다는 사람을 누가 마다하겠는가!

성실함으로 얻어낸
신뢰와 배려

럭거스 대학의 하우징 부서 알바 자리가 나에게 왔다. 일복을 타고난 게 내 팔자인 듯했다. 놀아볼 틈도 없이 일거리들이 달려왔다. 조링 덕에 얻게 된 그 알바 자리는 전문직 비자로 정식 취업을 하기 이전까지 유학 생활의 경제적 안정을 보장해주는 보물 창고와 같았다.

세상일은 새옹지마일 때가 많기 때문에 어떤 경우에도 실망할 필요가 없다. 그 지원서 쓰기와 그 후의 일들을 통하여 터득한 진리였다. 만약 내가 내 친구 조링처럼 영어를 잘했다면 지원서의 뒷면까지 횡설수설로 채우고는 관심 끌기에 실패했을 것이다. 그러나 길게 영작문을 할 실력이 안 되었으므로 단 하나의 문장만을 썼다. 그런데 그 짧은 한 문장은 서류전형에서 두드러진 관심을 받았다. 그로 인해 방학이면 언제나 일자리가 주어졌다. 유학 생활을 보살펴 주는 아버지 같은 보스 마이크와 엄마 같은 그의 부인 캐롤라인을 만날 수 있었던 것은 하늘이 내린 보너스였다.

그 우연의 알바 자리를 통하여 내 삶의 철학인 '약속 지키기'의 값을 현실로 확인했다. 주어진 알바의 내용은 학생들이 떠나간 기숙사 내부를 방학 기간 내에 청소하는 일이었다. 화장실 청소부터 시작되었다. 알바생들에게 주어지는 혜택으로 방학 기간 중 무료 교내 아파트가 주어졌고, 시간당 임금은 당시 4달러 50센트, 오전 오후 한 번씩 휴식 시간이 주어졌다. 주 5일 근무였으나 대부분 토요일에도 일을 할 수 있었고 토요일 임금은 곱절이었으므로 방학 기간의 알바로 당시 약 2천 달러이던 등록금을 충분히 모을 수 있었다. 방학 기간 중에 캠퍼스를 떠나 별도의 방을 얻어야 하는 외국인 학생늘에게는 안성맞춤인 일자리였다.

어떤 일도 다 해낼 수 있다는 내 지원서 약속은 화장실 청소를 통하여 지켜졌다. 학부 학생들이라 한 학기 내내 사용만 해서인지 하얀 변기가 거의 검은색을 띠고 있었다. 다른 알바생들은 죽겠다고 아우성만 쳤지, 일은 제대로 하지 않는 듯했다. 나는 달랐다. 검은색이 본래의 흰색을 찾을 때까지 닦았다. 이는 성공할 때까지 포기를 모르는 나의 일하는 방식이었다.

지켜야 할 약속은 검은색의 변기들을 하얀 이처럼 반짝이도록 만드는 일이었다. 화장실 청소 기간 중의 며칠간은 밤만 되면 오른쪽 어깨가 쑤시고 아팠다. 그 신체적 고통은 약속 지키기에 충실했다는 증거였다. 덕분에 럭거스 하우징 총괄 책임자였던 마이크의 신뢰를 얻었고 결국은 개인적인 배려의 대상으로까지 발전했다. 어떤 사람에 대한 좋은 정서는 인종이나 국적에 상관없이 오직 개인적인 이해와 해석에 기인한다는 것을 알았다.

그때 마이크가 내가 일한 흔적을 직접 확인했던 것은 지원서에 한 문장으로 표현했던 그 약속을 기억하고 있었던 결과였다. 마이크가 내가 남긴 흔적을 보고 "일은 상, 리Sang, Lee처럼 해야 한다"라고 했던 것은 내가 약속 지키기에 성공했음을 인정한 것이었다. 그 약속을 소홀히 했다면 그 후 상당한 경제적 어려움에 봉착했을 것이다.

약속에 어긋남이 없었던 그 일로 매번 방학이면 마이크는 나를 따로 불렀다. 그러고는 조그만 건물에서 혼자서도 자유롭게 끝낼 수 있는 페인트칠하기 등 별도의 일거리를 마련해주었다. 혼자서도 단기간에 끝낼 수 있는 쉬운 일이었으나 급여는 항상 다음 학기 생활에 충분했다. 신뢰로 얻은 마이크의 호의는 다음 학기 등록금 지원이라는 특별한 배려로 나타났다. 그 배려는 내가 필요한 시기까지 지속되었다. 나아가 마이크를 알게 된 그 다음 해부터는 마이크의 집에서 추수감사절의 며칠을 함께 지내곤 했다.

특히 마이크의 부인 캐롤라인은 인정 많은 한국의 엄마처럼 자상했다. 추수감사절 칠면조 요리를 할 때도 내가 좋아하는 다리 부분은 따로 챙겨주는 등 특별한 사랑을 보였다. 한국으로 돌아간다는 사실을 알렸을 때도 캐롤라인은 돌아가지 말라고 내 손을 잡고 울었다. 그 울던 모습은 딸을 시집보내는 엄마의 모습과 다를 바 없었다.

떠나보내기가 힘이 들었던지 "어제도 한국에서 경찰들이 곤봉으로 사람들을 때리는 뉴스를 봤어. 그런 곳에 왜 가. 가지 마!" 하며 말렸다. 당시에 한국에서 무슨 일이 일어나고 있는지는 전혀 몰랐다. 경찰의 곤봉이 화면에 나오게 한 당국에 순간적인 분노가 일었다.

"바보 천치 같은 경찰 아닌가?!"

소리소리 지르고 싶었던 것은 한국인이기 때문이었다.

내가 '가진'
A

　　석사 학위가 있었지만 공부를 하겠다고 떠나온 유학이었으므로 다시 석사 코스를 시작했다. 시간에 밀리기만 했던 학교 공부를 제대로 해보자는 욕심이 있었다. 그러나 강의를 제대로 알아들을 수 없어 긴장의 연속이었다. 학기가 시작되자 강의 내용을 녹음하여 헐레벌떡이랑 받아쓰는 작업까지 동원했지만 시간만 낭비될 뿐이었다. 강의실에서 못 알아들은 것을 녹음을 했다고 하여 달라질 것이 없었다.

　　공부할 수 있는 방법은 딱 한 가지였다. 관련된 교재를 무조건 많이 읽고 내용 파악 후 강의에 들어가는 것이었다. 교재를 읽으면서 사전 찾는 시간이 만만치 않았지만 일정 기간이 지나자 사전이 필요 없어졌다. "모든 것은 시간이 해결한다"라는 진리를 뼈저리게 새겼다. 그러나 어떤 일이든 시간을 투자하지 않고 얻어지는 일이 없다는 것은 희망이기보다는 좌절감만 더하는 불운이 되기도 했다. 강의를 이해하기 위해 참고 자료들을 읽어야 하는 경우에도 시간이라는 자산은 문제였다. 더구나 강의마다 주말 과제가 있었다. 거의 학교 도서관에 붙어 있었고, 숙소는 오직 말 그대로 밥 먹고 잠시 눈 붙이는 곳이었다. 미국에서의 석·박사 학위 과정에서 교과목 이수 기간이었던 약 5년간은 잠자는 시간이 평균 네 시간에 불과했고 그 이상인 날은 손으로 꼽을 수 있을 정도였다.

토론 시간에 말을 잘하는 미국 학생들을 보면 나도 우리말이라면 너처럼 잘할 수 있다며 자위했다. 그러나 모든 학생은 똑같은 학생일 뿐 다른 어떤 조건도 용납되지 않았다. 그러므로 하루 네 시간 이상 잠을 잔다는 것은 낙제를 감수하겠다는 위험천만한 배짱이었다. 모교였던 럭거스는 한 학기에 C(70점 수준) 학점이 세 개면 자동 퇴학 조치를 당하므로 벼랑 끝에 매달린 형국으로 공부에 목숨을 걸어야 했다.

럭거스에 도착했을 때 한 여학생은 럭거스 생활의 진면목을 한마디로 표현했다. 그때는 일요일 늦은 아침밥 후에 물을 마시고 있는 중이었다. 그 여학생은 "이상아 씨, 지금은 물을 천천히 마시지요. 이제 개학하면 물도 빨리 마셔야 해요"라고 말했다.

그 충고의 장본인은 후일 콜롬비아 대학 정교수로 초빙될 만큼 우수한 인재였다. 탁월한 실력의 소유자가 해준 물도 빨리 마셔야 한다는 충고는 링에 오르기도 전에 선수를 얼어붙게 했다. 어느 수준으로 공부를 해야 낙제를 면할 수 있는지를 알 수 없어 불안하기만 했다. 때로 주변의 학생들이 학기가 끝나고 나서 이사를 가는 일이 목격되었다. C

학점 때문이거나 학위논문 자격시험에 세 번 이상 탈락을 해 학교를 떠나야 하는 경우들이었다.

공부에 대한 긴장감으로 걸음을 옮기면 누가 잡아당기는 것 같다는 말이 회자되었다. 한국에서는 생각할 일이 아니었던 낙제의 불안은 일상에 녹아 있었다. 언제 퇴학을 당할지 모른다는 사실은 공부를 하도록 만드는 동기가 되는 것은 확실했다. 누구도 퇴학이라는 불명예를 원하지 않기 때문에 치열하게 공부하게 되는 것은 당연한 이치였다.

자료 찾는 시간을 줄여볼까 하여 논문을 쓰고 있던 같은 학과의 미국인 선배에게 필요한 한 가지 질문을 던졌다. 그 선배는 중요한 사실을 지적했다.

"내가 너에게 그 답을 말해주면 그 답을 알기 위해 내가 투자했던 시간은 무시되고 알고 있는 나와 모르는 네가 같은 입장이 된다. 그러니 네가 직접 답을 찾도록 해!"

그 말에 정신이 번쩍 들었다. 다른 사람이 힘들여 쌓은 지식을 노력도 없이 공짜로 달라고 청하다니! 따시고 보면 교수에게 해야 할 질문이었다. 교수는 학생에게 자신의 지식을 전수할 의무를 진 사람들이므로! 논문에서의 표절 문제와 다를 바가 없는 이치였다. 객관적 지식 사용에는 반드시 합당한 크래딧을 주어야 한다. 나의 경우는 말로 일방적인 표절을 시도한 경우였다. 공부를 한다는 것, 학문을 한다는 것은 본인이 그 과정을 직접 거쳐야 하는 삶의 궤적과 동일 선상에 있음을 미처 생각하지 못한 탓이었다. 노력에 대한 시간성과 직접성을 배제하면 학문을 한다는 것이 결코 긍지가 될 수 없음을 모르고 있었다.

학위를 하는 과정에서 낙제라는 함정을 피하기 위해 노심초사한 한 가지 예가 있었다. 유학 시절 석사 지도 교수는 일에 중독된 사람처럼 연구와 강의에 몰입되어 있었다. 매주 한 번씩 제출해야 하는 주말 리포트는 어김없이 정확하게 체크되고 점수가 매겨져서 되돌아왔다. 첫 학기에 지도 교수 과목이 토론 중심이어서 회화 실력 때문에 이를 피하고자 살피고 있었다. 그 석사 지도 교수는 "읽을 수는 있지요?"라고 물었다. 그렇다고 하자 "됐어요. 어떤 과목도 다 가능해요"라고 했다.

결국 그렇게 수강이 시작되었다. 그런데 첫 번째 주말 리포트 제출 후 되돌려 받은 내 성적은 '7'이라는 숫자로 표시되어 있었다.

학기 중에는 물도 빨리 마셔야 한다고 충고해준 여학생을 불러 내 리포트 성적을 놓고 함께 고심을 했다. 10점을 A라고 한다면 7점은 낙제점에 해당하는 D일 게 뻔했다. 지도 교수를 찾아가서 다음번 리포트는 더 열심히 하겠다, 그러니 이번 리포트 성적은 비중을 낮추어달라고 부탁하라는 안이 나왔다. 다음번 숙제를 더 잘하리라는 자신이 없었지만 몇 년이나 먼저 유학을 시작한 선배의 말이라 따르기로 했다. 해야 할 말은 사전에 외워서 지도 교수를 찾아갔다. 그때 지도 교수를 만나러 간다는 것은 너무 겁이 나서 호랑이 굴에 들어갈 만큼의 용기가 필요했다.

지도 교수는 더듬거리고 우물쭈물하는 내 얼굴을 유심히 보더니 화가 난 듯 내뱉었다.

"내가 준 성적은 A인데, 왜 그러지요?"

아! 그 말을 듣는 순간 안도하기보다는 쥐구멍이 있으면 그곳에라도 숨고 싶었다. 동서양의 문화가 충돌하는 지점이었다. 동양적 문화가 그 찬란함을 이기지 못해 판정패하는 순간이었다. 바보가 존재한다면 그런 황당한 장면을 연출한 나 자신이다.

한 가지 재미있는 이야기를 들었다. 교수는 항상 A를 '주었다'는 표현으로 권위를 나타내고, 학생은 언제나 A를 '가졌다'는 표현으로 노력의 정당성을 강조한다는 그 관계를! 그래서 그때의 그 교수 역시 나에게 "I gave you an A"라고 목소리를 높였다. 물론 나에게는 일주일 밤을 지새우고 또 지새운 결과로 '가진' A였다.

박사과정에서 펴 든
초등 4학년 산수 책

미국에서의 학위 과정이 실패 혹은 성공의 절대 게임이라는 것을 미리 알았더라면 대단한 축복이었을 것이다. 교사 생활을 유지했더라면 방학에는 마마께 하이힐을 신기고는 날 잡아보라고 도망치던 그 빼뚤빼뚤 술래잡기도 했을 것이다. 시집을 가서 역학자의 예언대로 남편이 정말 출세를 하는지도 알아볼 수 있었을 텐데! 잃은 것이 한두 가지가 아니었다. "와서 해보고 싫으면 돌아가면 된다" 했던 헐레벌떡의 말은 성립 불가능한 가설이었다. 미국의 하이웨이에서 노선을 잘못 잡으면 중간에서 바꿀 수 없으므로 그 길의 끝까지 가야 하는 것과 같았다. 날마다 숨을 쉬고 있는 한 주어지는 단 하루도 되돌아갈 수 있는 기회는 아니었다. 낭떠러지로 구르기 전에 빨리빨리 앞으로만 뛰어야 했다. 바쁜 꿀벌은 고민할 겨를이 없다는 속담도 사치였다. 낙제 없이 공부를 하자면 당연히 고민할 겨를이 없었으므로 그런 속담은 있으나 마나 한 잔소리였다.

박사과정에서 최후의 벽으로 남은 과목 하나가 통계학이었다. 거듭된 이야기이지만 산수 학습장애가 아닌지 의심하고 있던 실력에 통계학은 태산준령이었다. 학위 과정 내내 꿈에서도 고민한 내용이 통계학이었다. 끝까지 미루고 미루었지만 박사과정 필수과목이었기에 더 미룰 수도 없는 지경에 왔다. 통계학에서 낙제점을 받는다면 공부를 포기당하고 돌아가거나 통계학이 필수가 아닌 다른 대학을 찾아 다시 시작해야 하는 불운만 남아 있었다.

한국에 있는 친구에게 초등학교 4학년 산수 책을 보내달라는 부탁을 했다. 책을 받았을 때 누가 볼까 하여 책의 표지는 떼고 한 페이지씩 찬찬히 공부했다. 이 산수 공부를 통하여 중요한 한 가지 사실을 확인할 수 있었다. 내가 산수 학습장애가 아닐뿐더러 산수 공부가 참 재미있다는 것이었다. 통계학 강의를 듣기에는 모자란 내 실력을 아는 터에 우선 산수 기초라도 알고 강의에 임하자는 각오가 스스로 대견했다.

순산마다 새로운 사실에 눈뜨게 하는 우리의 삶을 예찬하고 싶은 경험이었다. 박사과정에서 혼자 공부한 초등학교 4학년 산수 책은 겸손과 긍정이 얼마나 화려한 빛이 되는지를 알게 했다. 산수 공부가 재미있으니 통계학 강의 시간이 기다려지기까지 했다.

통계학 강의 담당 교수님을 통하여 배운 것은 통계학의 공식이나 응용 방법만은 아니었다. 교수의 바른 자세를 보았고, 교수는 어떤 자질을 갖추어야 하는지를 배웠다. 통계학 교수는 대단한 연구 업적의 통계학자였으므로 강의도 어려운 함정이 될까 내심 초조했다. 첫날 강의에서는 안심했다. 전자계산기를 어떻게 사용하는지 인쇄된 설명서보다 더 쉽고 세세하게 알려주었다. 이해할 수 없는 부분은 하나도 없었다. 그 통계학 강의를 통하여 교수가 지닌 열정과 친절은 의무이지, 선택적 호의가 아니라는 합리적 개인주의를 배웠다.

교수님의 통계학은 재미있고 쉬운 게임이어서 지루할 틈도 없었다. 성냥개비로 집을 짓는 과정을 보여주는 것과 같았다. 성냥개비를 한 번에 하나씩 얹어나가는 집짓기 과정은 눈으로 훤히 볼 수 있고 그 과정을 쉽게 이해할 수 있다. 통계학 강의는 그렇게 진행되었다. 교수님은 활기찬 미소와 함께 말문을 열었다. 자신만이 이해하는 혼자의 언어는 사용하지 않았다. 통계학이 셈하기 능력이 아닌 이해가 수반되는 창조적 영역임을 스스로 터득하도록 안내했다. 실력이 없는 교수는 쉽게 강의하기가 더 어렵다. 전문 지식을 쉽게 전달하는 강의는 교수가 지닌 그만큼의 폭넓은 식견과 혜안을 바탕으로 자신감을 주는 동시에 학생들의 불필요한 시간 낭비도 막아준다. 참으로 중요한 사실임을 그때 알았다. 불운이 행운이 되었고 학위를 보장해준 그 통계학 강의는 명강의였다. 통계학 시험에서 A를 가질 수 있었던 것은 전적으로 그 명강의 덕분이었다. A 학점을 받았을 때 얼마나 기쁘던지! 그때가 캠퍼스의 자유와 낭만이 나의 몫임을 확인한 최초의 순간이 아니었을까!

전체적으로 거의 모든 수강 과목에서 몇 개의 B 학점을 제외하고 A 학점을 받아 석·박사과정을 수료했다. 이러한 결과를 내기까지는 학기 중에 물만 천천히 마시지 못하는 것이 아니라 몇 가지의 일을 한꺼번에 처리하는 시간 관리도 한몫을 했다. 강의실로 걸어가는 중에도 어깨에는 책가방, 한 손에는 점심용 사과, 입은 열심히 씹고 삼키면서 다른 한 손에는 강의 자료를 들었고 눈은 읽는 일을 동시에 했다. 한순간도 낭비할 수 없었다. 럭거스의 캠퍼스에는 걷기에 충분히 아름다운 울창한 나무들이 이루는 오솔길들이 있고 어느 곳에는 푸른 잔디가 광활하기까지 했다. 캠퍼스 내에는 여기저기 1500년대에 지어진 작은 목조건물들이 오랜 전통과 세월에 따른 고색의 아름다움을 드러내고 있었다.

그러나 박사 자격시험에 합격하기 이전까지 럭거스의 구성원 누구에게나 주어진 그 아름다운 낭만적 특권을 누리지 못했다. 어느 날은 인문사회과학 도서관 4층 1인용으로 칸이 진 책상에서 우연히 고개를 들었다. 창밖에는 색색의 낙엽들이 떨어지고 있었다. 그 낙엽들은 캠퍼스를 둘러 흐르는 래리탄 강에도 갔다. 그 순간 '아, 웬 낙엽이? 지금이 가을인가?' 하며 의아해했다. 낙엽을 보고서야 계절을 인식할 정도로 숨 막히던 시절은 시금에 와서 더 깊은 연민이 된다. 숙제에 치였던 미국에서의 처음 약 5년은 어미 닭만 종종종 따르는 한 마리 병아리처럼 살았다. 오래전 나의 시골집 마당에 서울의 초등학교 4학년 소년이 서 있었다. 그 소년은 별들이 총총한 하늘을 향해 손가락을 펴면서 "아빠 선생님, 저 별 이 집에서 샀지요?" 하고 질문했다. 이 질문을 동심이라 좋아만 할 수 있겠는가! 럭거스의 초기 5년은 그 소년이 지닌 서울 생활의 비애와 흡사했다.

생애 마지막 시험,
족보 구하기

학위 과정을 끝내고 박사 자격시험을 준비하면서 고민한 것은 학과의 비서로부터 시험문제 족보를 어떻게 받아내는가 하는 것이었다. 출제된 약 5년간의 시험문제들을 알고 준비하는 것이 최선일 것이었다. 그러나 족보는 쉽게 내주지 않는 것이 학과 비서들의 고집이었다. 내가 계획한 학기에 시험 칠 동급생은 없는 듯했다. 이미 한두 번 실패한 경우, 재시험을 볼 학생들이 있는지는 확인할 길이 없었다. 그 족보를 얻어내는 일은 전적으로 나 혼자만의 일이었다. 공식적으로 시험 족보를 유출할 수 있다는 규정도 없었지만 그렇다고 유출을 금지한다는 규정도 없는 경우라면, 어쨌든 부딪쳐볼 만하다는 나름대로의 결론에 이르렀다.

그 족보를 얻어내지 못한다면 나침반 없는 항해를 해야 할 터였다. 머릿속에 몇 권의 책을 통째로 외워 채운다 한들 시험이라는 바다의 한 점에도 미치지 못한다. 전공이라는 지식의 바다에서 어느 쪽으로 문제가 출제될지는 상상도 할 수 없었다. 시험은 아침 9시에서 오후 5시까지 감독관 앞에서 정해진 노트에 논문 형태로 다섯 과목에 걸쳐 작성해야 했다. 모국어로 쓰는 답안이라면 갖가지 아이디어를 자유자재로 엮어내는 언어의 유희라도 가능하겠지만! 영어는 나의 모국어도 아닌 터에 무슨 재주로 길고 긴 논문을 앉은자리에서 하루 종일 써 내려갈 수 있을지, 불가능한 일이었다.

이번에도 "I can do everything whatever you can do"라는 한마디로 실력을 증명하고자 한다면, 한국으로 추방되기 전에 먼저 정신병원으로 의뢰될 일이었다. 한 번 시험에 낙방하면 다시 두 번째 기회가 주어진다 한들 불안만 가중된다. 사정이 이러하니 사생결단의 지혜를 다해 족보를 구해 와야만 했다. 있는 용기를 모두 짜내 족보를 내어달라고 한들 "못 준다" 하는 말을 듣게 되면 끝나는 일이었다. 결정된 사항이 번복되는 일은 운명을 거부하는 것 이상으로 어렵다는 사회가 미국 사회다. 미국 사회의 결정에는 비정함이 도사리고 있다. 실제 있었던 한 가지 사례도 번복되어야 하는 경우임에도 소름 돋는 운명으로 내몰린 사람이 있었다. 최우수 학생이 성적을 처리하는 조교의 잘못으로 D 학점을 받게 되자 담당 조교에게 정정을 요구했다. 그러나 그 조교는 "결정된 것은 번복할 수 없다. D가 네 운명이다"라고 잘라 말했다. 운명, 운명은 항의할 수 없다는 그 조교의 논리는 정당해 보였고 당당하기까지 했다. 그렇게 내 박사 자격시험이 족보 없는 항해를 하다가 위험한 운명의 덫에 걸리는 것은 피해야 했다.

우선 학과 사무실의 비서들과 얼굴을 자주 보는 친목 방문을 여러 번 시도했다. 진입에 대비한 라포 형성의 사전 포석이었다. 방문의 명분으로 외국 출장 중인 어느 교수를 만나고 싶은데 언제 돌아오는지 알고 싶다는 등의 일상적인 용건을 들고 갔다. 영어에 있는 "만날 수 없으면 멀어진다(Out of sight, out of mind)"라는 속담을 뒤집으면 "자주 만나면 가까워진다"가 되므로 그 사실을 굳게 믿고 자주 얼굴을 내밀었다.

며칠이 지나 우연히 커피도 얻어 마시게 되자 다음 날은 그들이 좋아하는 팬케이크를 생각하고 내가 좋아하는 배추전을 만들어서 "코리언 팬케이크 먹어볼래?" 하고 가져갔다. 빙고였다. 모두가 맛있어했고 관심이 많았다. 그즈음 신문에 나오는 별자리 일일 운세를 보고 있었다. 거사일이 된 바로 그날 나의 운세가 "끝까지 포기하지 않으면 원하는 것을 얻는다"였다. 그 운세는 나에게 버티기만 하면 성공을 보장한다는 더할 수 없는 지원군이었다. 운세에 따라 바로 그날을 거사일로 잡았다. 오전 일찍 가서 내 목적을 말하고 들어주지 않으면 들어줄 때까지 포기하지 않는다는 각오로 학과 사무실로 갔다.

평소에도 상냥했던 비서가 "무엇을 도와드릴까요?" 하고 웃으면서 통상적인 인사를 건넸고 이때다 하고 찬스를 잡았다. "진짜진짜 네가 나를 꼭 도와줄 일이 생겼는데, 거절당하면 나는 꼴깍해야 한다"라며 정말로 목이 달아나는 시늉을 했다.

비서는 놀란 눈으로 구세주가 되겠다는 신호를 했다.

"말해봐, 뭐든 도울 테니!"

그 순간부터 약 10분 내에 그토록 원하던 족보를 손에 넣을 수 있었다. 일일 별자리 운세 따위는 믿거나 말거나지만 평생의 단 하루 그날의 운세는 나에게 용기를 주는 천사의 목소리였다. 그 족보를 근거로 공부한 덕분에 한 번에 딱 붙었다. 그러나 시험이 있은 후 교수 다섯 명이 돌아가면서 읽고 채점하는 약 한 달의 기간은 초조와 불안만 먹고 살았던 살인적 시간이었다.

그날도 비서에게 조심스럽게 전화를 했다.

"결과가 나왔나요?"

전화 저쪽에서 "Congratulation!(축하해)" 하는 소리가 귓전에 닿았다. 운명은 그렇게 한순간, 혹은 한마디 말로 결정된다. 그 한순간이나 한마디 말은 성실로만 채워진 인내의 결과임을 그때도 뼈저리게 느꼈다. 그 한 달의 초조했던 기다림 끝에 만약 내가 전해 들은 소리가 "I'm sorry!(유감이야)"였다면 그것 또한 나의 운명이었을 뿐임에! 그래서 종착점 도착 전에 죽을힘을 다해 최선을 다해야 한다.

학과 비서의 축하한다는 첫마디를 듣는 순간 나 자신에게 확인시켰다. "남은 날들에서 시험은 끝났다. 더 이상 시험 같은 것은 존재하지 않는다"라고! 우선 감사했다. 그날의 운세와, 그 족보를 건네준 비서에게, 그리고 축하의 말로 보상받도록 충실하게 대응했던 내 자신에게도!!

아! 모든 생명의 근원은 닮은꼴이구나

박사 학위 논문 쓸 자격시험에 합격한 것은 C 학점의 낙제 공포에서 벗어나는 그 이상의 자유를 향유할 보증서였다. 유학생 비자(F1 비자)를 전문가 비자(H1 비자)로 전환할 수 있었다.

전문가 비자로 주어진 첫 번째 경험은 럭거스 의과대학 동물생태학 실험실에서 시작되었다. 동물생태학은 자연 행동 현상에 대한 관찰의 기회로는 안성맞춤이었다. 그러나 의과대학 생태학 실험실에서의 경험은 전혀 상상하지 않았던 의외의 일이었다. 지금까지 그러했듯이 그일도 순식간에 결정되었다. 나를 미국으로 부른 친구 헐레벌떡이 있는 실험실 방문이 계기였다. 그때 실험실 책임 교수의 몇 마디 타진은 고용으로 연결되었다. 사회과학에서의 생태학과 달리 자연과학에서의 생태학이 어떤 모습일까 궁금했다. 유아 행동장애 연구자에게 주어진 순수 자연과학에의 입문 기회는 지식의 융합적 실험이라는 측면에서 흥미로웠다.

주어진 첫 번째 과제는 토끼가 모기의 허기를 매우기 위해 자신을 희생하도록 길들이는 것이었다. 다음은 토끼의 희생으로 배를 채운 모기의 알을 부화시킨 후 발육을 관찰하면서 사육하는 일로 연결되었다. 종국에 가서는 알을 밴 모기를 해부하여 그 생명력을 측정 관찰했다. 토끼를 살신성인의 체질로 길들이는 행동 전략은 나의 전공 영역이므로 어렵지 않았다. 그러나 교육학적 견해로 해석하려는 단편적 오류가 상존하고 있었다. 토끼의 엉덩이 털을 동그랗게 밀고 면도할 때의 토끼의 반응도 인간행동학적 측면에서 관찰이 이루어졌다. 토끼의 엉덩이 털을 깎고 면도를 하는 이유는 며칠씩 굶은 모기들에게 밥상을 차려주기 위함이었다. 토끼 엉덩이에 털 깎는 기계를 대면 토끼는 처음에 한 번 그저 움찔하는 반응을 보일 뿐 반항하지 않았다. 어떤 반항 행동도 소용이 없다는 것은 경험의 법칙으로 길들여졌다. 때로 토끼에게 죄를 짓는 듯한 도덕적 불편함은 간단하게 해결될 문제가 아니었다.

날마다 모기들이 영하의 저온충격에 힘을 잃고 누운 바로 그때 모기 상자의 문을 열어 면도된 토끼를 살짝 밀어 넣고 문을 닫는다. 순식간에 모기들은 토끼의 엉덩이를 밥상으로 하여 왕성한 식욕을 보인다. 관찰에 의하면 모기들은 사람과 달리 배탈이 나도록 과식을 하는 법이 없었다. 먼저 먹기 시작한 모기는 먼저 자리를 뜨는 질서도 잘 지켰다. 그리고 제각기 배가 나오도록 포식을 하면 스스로 밥상에서 떨어져 나왔다. 토끼 역시 그 많은 모기가 새까맣게 앉아서 자신을 괴롭히면 혹 그 아픔에 한 번씩 따끔거린다는 시늉은 했지만 식사를 방해하는 결정적 행동은 하지 않았다. 고통스러운 일을 밀어내기보다는 인내를 다해 유종의 미를 거두는 토끼를 보면 그 품성이 인간에 비교되었다.

자신의 피를 모기들을 위해 제공한 토끼의 면도된 엉덩이는 멀쩡한 곳이 한 군데도 없이 빨갛게 송송 구멍이 나 있었다. 그런데도 전혀 미동도 없이 견디고 있었다. 토끼는 절대 복종으로 나를 응징하는 듯했다. 그러나 처절한 내면적 분노에 오히려 무력해진 것은 아니었는지는 알아내지 못했다.

약자에 대한 연민으로 모기의 밥이 되는 토끼를 보면 가엽고 미안했지만 토끼의 피를 빠는 모기는 그 반대였다. 토끼는 길들일 수 있는 동물이었다. 모기는 역시 곤충에 불과했다. 서온충격과 같은 환경적 통제에 의해서만 조용해질 뿐 절대로 인간의 의지를 실행할 여지를 용납하지 않았다.

그때의 모기 행동 실험은 많은 것을 남겼다. 사람들이 제대로 행동하지 못할 때 흔한 비유로 "개만도 못하다"라는 식의 표현을 쓰는 것은 우리가 행동을 수반한 동물과에 속하기 때문이다. 반면에 "곤충만도 못하다"라고 말하지 않는 이유는 곤충은 절대 훈련으로도 길들여지지 않는 무뇌족이기 때문이다. 모기와 같은 곤충은 훈련 가능 급에도 속할 수 없는 저급한 부류이므로 차마 거기에는 사람을 비유할 수 없는 것이다.

그 저급한 부류의 곤충인 모기가 나를 곤혹에 빠뜨리는 일이 발생했다. 어깨뼈가 마모되는 통증을 참으며 오랜 연습을 거듭한 끝에 발생

된 충격이었다. 즉, 수만 배 확대 현미경에 알을 밴 모기를 놓고 배를 가르는 해부에 능숙한 기능인이 된 바로 그 순간 경악했다. 모기의 알이 착임된 모습은 태아가 옹크린 모습과 너무나 흡사했다. 역시 과학은 정밀한 최적의 조건에서만 결과가 완벽했다. 인문학에서의 해석은 오차 범위가 있다. 과학은 오차 범위를 허락하지 않는다. 이전까지의 알을 밴 모기의 해부는 결국 완벽한 수준이 아니었다. 보이지 않는 초극세한 부분까지 완벽한 해부가 이루어졌을 때 옹크린 모기 알의 형상이 온전하게 그 모습을 드러냈다. 그 자연과학적 생태학은 나의 확인을 통하여 행동학적 생태학으로 융합되었다. 보여지는 실제의 자연현상에 대해 그때만큼 놀란 적은 그리 많지 않았다. 정확하게 태아가 옹크리고 있는 자세와 똑같았다. 태아기의 성장 경로를 리포트로 쓰기위해 태아기 사진들을 세세히 확인했던 경험이 있었기에 그 닮은꼴은 당장에 알아볼 수 있었다. 경이로웠고 무서웠다. '아, 모든 생명의 근원은 닮은꼴을 하고 있구나!' 하는 발견은 곤충의 생명까지도 귀히 여기라는 붓다의 가르침과 일지했다. 내가 채집했던 까만 점의 모기 알이 어미 모기의 배 속에서 태아의 모습으로 옹크리고 있다는 그 사실에 "벌레 보듯 한다"라는 말도 함부로 할 수 없게 되었다. 전 세계의 모기 박멸이 목표인 실험실에서 나의 인본주의 본성을 어떻게 융합해야할지 당황스러웠다.

　분명한 것은 나의 편향된 지식의 세계가 모기 해부를 경험한 결과로 새로운 생명 인식에 직면한 것이다. 경험한 사람만이 지닐 수 있는 특권이 바로 그 고유의 발견이었고 그것이 다시 과학이라는 이름으로 순환되고 있었다. 나는 태아의 형상으로 자리한 모기의 알을 두고 "모든 생명은 경이롭고 귀하다"는 결론을 내렸다. 인간 생명 존중과 더불어 모기와 같은 곤충도 자연의 모습으로 존중되어야 한다면 비록 비극일지라도 간과할 수 없는 진실로 보였다.

나를 고용해준 그 실험실 책임 교수는 내가 모기 해부에 탁월한 재능이 있음을 인정했다. 그 실험실에서 모기 해부의 일인자가 된 것도 수천 번의 반복된 연습과 훈련에 의한 것이었다. 누구나 엄청난 노력을 하기만 한다면 가능한 일이었다. 모기의 목을 따내고도 여전히 해부용 모기가 살아 숨을 쉬는 경지에 이르려면 대충대충의 정신으로는 절대 성공할 수 없었다. 그러한 달인의 경지에 이르기까지 나는 자존심을 걸고 연습했지만 대부분 사람들은 모기 해부에 자존심까지 걸지 않는다는 사실도 그때 알았다.

해부용 기구를 잡는 내 오른쪽 어깨는 긴장으로 근육이 뭉치고 아팠다. 해부에 성공한 모기는 목을 떼어내도 실온에서 한참 동안 숨을 쉬었다. 목을 뗀 모기를 저온에 두면 며칠을 살았다. 정확한 모기의 생명력과 생태적 조건을 확인하기 위해서는 핀셋으로 충격 없이 목을 떼어내는 능력이 필요했다. 목을 떼는 순간 미세한 충격이라도 가해지면 즉시 죽게 되어 실험용으로 사용할 수 없었다. 목을 떼고도 숨을 쉬는 모기만이 최종 실험 대상이 될 수 있었다.

시간이 흐르면서 책임 교수가 말한 대로 최고의 '모기 해부사'가 될 수도 있었다. 타격감이 좋은 야구 선수에게는 투수가 던진 야구공이 주먹 크기로 보인다고 하듯이 현미경에 비친 모기들은 나비의 크기로 보였고 해부 성공률은 거의 100퍼센트였다. 그럴 즈음 모기를 위해 토끼에게 고통을 주는 일이 차츰 나에게도 고통이 되고 있었다. 동시에 모기의 알이 태아처럼 옹크린 모습은 어느 교과서에서도 발견하지 못했던 생명의 동질성을 고민하게 했다.

인간 이외의 모든 것은 무시되어 마땅했던 일이 태생에 있어서는 모기까지도 인간과 흡사한 형상이라는 발견은 오만한 지식 체계를 박살낼 만한 대사건이었다. 결국 응용행동 연구자의 생태학과 자연과학에서의 생태학이 생명 발생 지점에서 연결되는 순간 나는 모기 해부사의 일을 끝냈다. 실험실 책임 교수는 미국에서 모기 해부를 가장 잘하는 '모기 해부 전문가'로 미국에 영구히 살도록 영주권 신청까지 제안했다. 그러나 그 실험실에서는 모기가 인간의 속성과 동일 선상의 생명 과에 속한다는 새로운 융합 지식을 얻은 것으로 만족했다.

소중했던 모든 이에게
감사하며

미국에서 학위를 마치는 데는 감사의 말로 다 할 수 없는 귀한 우정과 사랑이 있었다. 당시는 학위논문 쓰기를 시작하면 한 번쯤은 자살을 생각해보게 되는 어둠의 시대였다. 더구나 외국어로 학위논문을 쓰기란 또 다른 지옥행이었다. 이미 미국의 대표적인 장애인 전문 재활교육기관의 하나인 ARC에서 행동문제 전문가로 아홉 번째 직장을 확보하고 있었으므로 그 지옥의 논문 쓰기를 포기하고도 싶었다.

지도 교수였던 힐슨 박사는 "직장을 갖고 나면 쉽게 논문 쓰기를 포기하는 학위 과정만 수료한 학생들이 현재 내 이름 밑에 몇 명이나 되는지 알아? 약 80명이야"라고 나를 미리부터 윽박질렀다. 그러나 박사님은 부인인 니니의 이름으로 자신의 집 저녁 식탁에 나를 초대하는 세심한 사랑으로 관심의 끈을 이어갔다. 때로는 학위논문 지도 교수와의 갈등으로 '자살'을 하는 불행한 예도 있었으나 나의 힐슨 박사는 '살자'

의 길만을 긍정하게 했다. 박사님은 우리가 학위를 취득하는 목적은 취업 이전에 선의와 긍정의 정신을 내 것으로 하는 개인적 성취에 있음을 자신의 삶으로 보여주셨다. 내 교수직에 요구되는 사랑과 우정의 씨를 아낌없이 심어주셨던 힐슨 박사님! 고맙습니다!

일상은 갚아야 하거나 감사해야 할 일만 골라서 지워버리는 지우개와 같다. 아무리 통계학 강의에서 A 학점을 받았다 해도 통계 논문을 쓸 만큼의 자신감은 없었다. 선택의 여지는 질적 논문을 쓰는 일이었고 평소 관심도 있었다. 질적 논문을 쓰려면 필수 강좌인 질적 논문 쓰기 강의를 들어야 했는데 문제가 되는 일은 아니었다. 다만 질적 논문은 현장 참여 관찰에 따른 방대한 자료의 처리가 문제였다. 자료의 분석과 타이핑은 시간을 요하는 일이었고 노동이었다. 그 노동을 내가 요구하는 대로 밤을 새우면서 감내해준 친구가 당시 나의 룸메이트였던 닥터 박이었다.

본인도 연구실에서 실험에 시달리고 그 결과에 초조해하는 초보 과학자임에도 나의 보조 역할을 기꺼이 수용해주었던 그 고마움을 지금껏 잊고 있었다. 능숙한 솜씨로 나날이 쌓이는 자료들을 입력해주면서 짜증조차 없었던 그 우정에 대하여 이제야 생각하게 된다. 특히 부끄럽고 초라해지는 것은 그 친구의 말을 매몰차게 내동댕이친 나의 치졸함 때문이다. 친구는 내가 귀국을 결정했을 때 "미국에서 일을 계속하면 어때?" 하고 물었다. 거기에 나는 "미국에 있으면 또 너랑 룸메이트하게 될까 겁나서 간다"라고 화난 얼굴로 쏘아붙였다.

　논문 쓰는 일로 겪어야 했던 몇 년간의 지긋지긋한 스트레스가 친구의 얼굴을 보면 되살아날 것 같아 사람답지 않게 굴었을까! 어려울 때 친구가 준 순수의 우정이 그렇게 버림받은 것은 우정을 다한 친구의 탓이 아니다. 원인은 내가 그때의 고마움을 잊어버린 탓이다. 그 도움이 아니면 죽을 것 같았던 상황을 벗어나고자 했던 나의 이기심, 기억의 불균형 때문임을 지금에 와서야 고백한다. 나이를 먹어서 철이 드는 것인지 이제 와서 그저 부끄럽고 미안하다. 겨울 휴가에는 한국을 방문한다는 전갈을 받았다. 만나면 잘못에 대한 용서를 구해야겠다. 다가올 겨울은 기다릴 것이 많아 따뜻한 온기로 채워질 것이 분명하다. 이제야 소중했던 모든 이에게 감사하고 싶다.

대학, 그곳에서 처음으로
알게 된 것

교수로의 전직 역시 불현듯 결정되는 과거의 내 운명과 별반 다르지 않았다. 학위를 끝낼 즈음에는 안정된 직장에 내 개인주의적 취향이 어울려서 미국 생활도 적당히 편리해지고 있었다. 그럼에도 대구대학교의 교수직을 수락한 것은 학문의 시작에서부터 나를 지켜주신 강위영 스승님께서 그 대학교에 계셨기 때문이었다.

1989년 2월 28일자로 다니던 직장에 사표를 쓰고 다음 날 귀국 비행기를 탔던 것으로 기억한다. 그때도 시간에 쪼들린 생활이어서 며칠간 모았던 우편물을 귀국 비행기 안에서 살펴보았다. 그중에는 변호사 사무실에서 보낸 통보서도 있었다. 그 통보서는 미국 영주권 신청이 허가되었으니 변호사 사무실로 나와 최종 사인을 해달라는 요청이었다. 그러나 그 순간 나는 미국 직장을 떠나 한국에서 살기 위해 귀국 비행기에 앉아 있었다. 미국인으로의 항구적인 삶은 나의 운명이 아니었다.

다음 날인 3월 2일 대구대학교 총장님과 주요 보직자들이 나에게 물었다.

“학생들을 어떻게 지도하겠습니까?”

“가정을 지킬 의무가 면제된 싱글이니, 필요하다면 24시간 연구실을 열어두고 학생들과 대화할 것입니다.”

보직자들과의 상견례는 그렇게 끝났고 나는 그때의 약속을 비교적 충실히 지켰다.

그러나 내 연구실 주변은 무질서했고 어수선했다. 연구실 복도 이곳저곳에는 학내 분규를 드러내는 비방과 구호의 벽보들이 붙어 있어 교수로서의 자존심을 구길 대로 구겼다. 그가 누구이든 비방의 내용들을 연구실 앞에 붙이도록 허락한 것은 아만직으로 보였다. 학위기 교수의 자질을 보장하는 기본이 된 것은 박사는 박사라는 명예에 합당한 고귀한 행동을 할 사람이라는 사회적 인식에 근거한다. 그런데 그런 믿음이 실종된 무질서의 분위기가 나를 위협하고 있었다. 교수로서의 자질 검사라도 청하고 싶었다.

행동문제 전문가로 내 생애 아홉 번째 취업을 하고자 지원했을 때 받은 질문지의 첫 번째 내용은 “아동의 자위행위를 목격한다면? 자연스럽다, 혹은 부자연스럽다”의 양자택일이었다. 이 첫 번째 질문에서 ‘부자연스럽다’에 동그라미를 친 경우는 기초의 기초도 갖추지 못한 것으로 간주되어 채용에서 제외되었다. 백여 개의 전체 문항에서 답은 모두 첫 번째 항에만 해당되었다. 이는 꼭 알아야 할 것을 알고 있는지를 점검받는 일이었다. 그다음에는 아동들의 치료 교육 현장에 투입되어 약 일주일간 아동들을 얼마나 긍정적으로 지도할 수 있는지 전문성을 점검받아야 했다. 그런 다음에도 마지막 면담 심사가 기다리고 있었다. 지원자가 자신들이 원하는 자질을 갖춘 사람인지의 여부를 알아내기 위한 안전장치가 그렇게 작동하고 있었다.

자질이 검증된 사람들은 아동들의 교육권과 평등권을 훼손하지 않았다. 오직 자기 일에만 열중했다. 사회적 신뢰에 따라 그러한 모든 검증이 생략된 교수직의 명예는 내 연구실 앞에서 비방의 전단으로 처절하게 추락하고 있었다.

1990년대 초 우리나라 대학들은 상아탑이라는 명제와 달리 투쟁하고 쟁취해야 할 그 무엇을 찾아 헤매는 미아와 같았다. 어느 날은 건장한 모습의 남학생 한 그룹이 연구실로 찾아와 전교조 운동에 앞장서 달라는 요청을 했다. 나는 "우리 대학의 모든 교수님이 다 학생들의 뜻에 동의하고 오직 한 사람만 남아 있다면 그 사람은 바로 내가 될 것이다"라고 말했다. 학생들은 즉시 돌아갔지만 다음 날 학생 대표들이 내 연구실을 폐쇄한다고 통보해 왔다. 이에 나는 "만약 내 연구실에 못질을 하는 사람이 있다면 그 사람은 더 이상 학생이 아니므로 경찰이 현행범으로 잡아가도록 즉시 신고할 것입니다"라고 알렸다. 다음 날 무슨 영문인지 내 연구실에는 아무 일이 없었고 학생들은 더 이상 나를 상대하지 않았다.

학생들이 내가 미국에서 귀국한 신임 교수인 만큼 데모에 앞장서서 참여할 혈기 왕성한 신여성으로 보았는지는 알 수 없다. 그러나 내 중학교 때 공민 선생님이 하셨던 말씀, 모두가 자기 일에 충실한 것이 가장 큰 애국이라 하셨던 그 말씀은 옳았다. 연구실 복도에 붙었던 비방의 벽보들을 내 손으로 떼어내고 그 자리를 메웠다. "공부를 팽개친 개혁이나 민주화가 있다면 그것은 사기꾼들이 하는 작태이니 속지 말아야 합니다"라는 글로.

어느 날은 강의를 세상 푸념으로 바꾸고 울어보기도 했다. "자신의 일을 소홀히 하면서 개혁이나 애국을 논할 수 없습니다. 송충이는 솔잎을 먹어야 한다는 옛말은 어떤 경우에도 자신이 해야 할 본분을 버릴 수 없음을 말한 것입니다. 만약 누구든 자신에게 주어진 본분을 거역한다면 종국에는 죽게 되는 이치를 알리는 신조들의 개혁적 지혜입니다"라고. 길고도 긴 어떤 말도 소용은 없는 듯했다. 대학교수로서 최초로 경험한 것들은 내가 상상하지 않았던 상황들이었다.

'대학이 교수가 아닌 혁명가와 정치가를 원하는 곳임을 진작에 알았다면 돌아오지 않았을 것을' 하는 후회도 있었다. 그러나 이미 교수직에 들어섰고 그것은 내가 내린 결정이었으므로 거역할 수 없는 처지였다.

연구하는 교수가
잘 가르치는 교수

교수의 본분은 50퍼센트는 가르치는 일이고 50퍼센트는 연구라고 알고 있었지만 여건은 우호적이지 않았다. 대학은 잘 조련된 사회적 일꾼을 기르는 마지막 단계였고 교수는 조련사였다. 대학이 부패와 외적 조건에 흔들림 없는 큰바위얼굴을 길러내야 한다고 주장하려면 "악법도 법이다" 하고 독배를 마셨다는 소크라테스의 기개가 있어야 했다. 강의 시간을 구호의 소리들로 채우는 조련사 그깃이 대학교수의 본업은 아니라는 좌절만 있을 뿐, 소크라테스의 행동은 전설로 보였다. 다만 우리 전공에 밀려드는 대학원 학생들과 함께할 연구비와 장학금을 조달하는 조련사가 되는 것은 우선 시도해볼 일이었다.

연구할 줄 아는 교수가 잘 가르치는 교수라는 생각은 평소의 생각이었다. 연구의 본질은 삶의 질을 높여줄 결과물 생산이다. 이는 연구자로 하여금 이미 축적된 지식을 분석·정제하는 시간적 투자를 요구한다. 투자된 시간의 효용성은 새롭게 제시되는 연구의 결과로 연계된다. 그러나 연구자가 자신만의 창의성을 발휘할 치열함을 소홀히 하면 새로운 결과는 생겨날 수 없다. 이러한 노력은 대학에서 잘 가르치는 교수가 되고자 한다면 병행해야 할 필수 과정이다. 치열하게 연구하고 그 결과에 근거하여 가르칠 수 있다면 그 교수는 새로운 지식의 전달자로 존경받을 수 있을 것이다.

그러한 나의 가치관은 연구실에서의 밤새우기로 시작되었다. 대학에서 초보 교수가 받는 강의 부담은 누구나 경험하는 것처럼 나도 예외는 아니었다. 종일 강의에 치이고 나면, 밤 시간 외에는 달리 연구를 시작할 여유가 없었다. 내가 결혼하지 않았다는 사실은 마지막 열 번째 직업인 내 교수라는 본업에 딱 맞는 축복이었다. 출퇴근 시간이 없고 독자적 공간에서 24시간 주어진 나의 자유에는 특별함이 있었다. 즉, 밤에도 집으로 가야 할 의무가 면제된 싱글의 특권이었다.

그 황금빛 싱글의 자유를 만끽하고자 했던 내 연구실 첫날 밤의 기억은 지금도 생생하다. 밤 10시쯤 연구실을 노크하는 소리에 문을 열었다. "교수님이세요?" 경비원이었다. "네" 하는 내 대답에 그 경비원은 석연치 않게 물러났다. 여자가 왜 연구실에 아직도 있나 하는 그런 눈치였다. 복도를 둘러보니 내 연구실에서만 불이 새어 나오고 있었다. 연구실 문을 안으로 잠그고 일을 하고 있는 밤 11시쯤 다시 노크 소리가 났다. 그 경비원이었다. 밤 11시면 소등을 한다는 통보였다. 짜증이 났다. '밤 11시에 소등을 하는 대학의 연구실이 세상에 어디 있단 말인가! 대학이 대학이기를 포기하지 않고서야 이렇게 무식할 수 있단 말인가!' 하고 분개했던 그날은 참 싱그러운 내 젊은 날이었다.

다음 날부터 내 연구실은 불을 끄지 않는 방으로 허락되었다. 발등에 불이 떨어져서야 다급하게 일하는 나로 인하여 당시 연구실 조교들도 밤을 새우는 날이 많았다. 내 원고의 타이핑으로 밤을 새워야 했던 것은 지금도 참 미안하기만 하다. 그래도 혹사당했던 조교들이 지금은 김민동 교수님, 조재규 교수님 등등으로 대학의 일꾼들이 되었으니, 그 혹사가 입에 쓴 약이었던 것으로 생각해주었으면 하는 바람이다. 참 미안했습니다, 그때!!

교수로
산다는 것

연구비를 교외에서 지원받기 위해서는 치열한 경쟁을 수반하는 공모 절차를 거쳐야 했다. 공모를 위한 연구 계획서 쓰기는 그것 자체가 시간을 요하는 공부였고 결과를 장담할 수 없는 불안함을 걷어내는 인내의 시험이었다. 연구실 밤샘으로 결정된 최초의 교외 연구비는 단독 연구로 3백만 원이었다. 대학에 온 지 2년째인 1991년이었고, 재단법인 성곡학술문화재단에서 공모한 연구였다. 연구비 수혜 과제는 전국을 망라하여 총 38과제였다. '행동장애 유아 학부모를 위한 집단 훈련 프로그램 개발'이라는 나의 연구 주제는 대구 경북 지방에 위치한 대학에 지원이 결정된 유일한 과제였다.

처음의 성공은 실패를 두려워하지 않는 용기를 준다는 것을 이때의 공모 결과에서 배웠다. 사람들은 실패가 성공의 지름길이라고 하지만 이는 위로의 말일 뿐이다. 정작 실패를 성공의 지름길로 사용하기란 죽기 살기가 아니고서는 포기하는 쪽이 현명해 보인다. 나 역시 처음에 실패했다면 연구 없이도 잘 가르칠 수 있다는 쪽을 선택했을지 모른다.

이후 함께 일하는 연구원들에게 그 경험을 전하곤 한다. 결과가 성공에 이르도록 사전에 최선을 다해 준비해라! 성공하지 못했다는 것은 그만큼 모자라게 했기 때문이다. 실패할 것을 알면서 노력할 필요가 있는가? 최선은 실패하지 않는 수준의 자존심을 의미하는 용어이다. 자고 싶을 때 자고, 먹고 싶을 때 먹는 게으름으로 하는 최선은 실패를 담보할 뿐이다. 한마디로 종착점이 오기 이전에 죽을힘을 다해 치열하게 최선을 다해라!

교수로 산다는 것은 사회적 참여를 요구받는 일이 생기는 것이기도 했다. 실제 교수에게 요구되는 사회적 기여는 지식인으로서의 통찰력과 덕성, 창의적 연구 결과의 사회적 환원이었다. 나의 경우는 사회적 참여 자체가 별개인 듯했다. 한번은 대학 본부에서 대학 신문사 주간을 하라는 보직 제의가 있었지만 발령을 내면 다음 날 사표를 쓴다는 조건으로 무산시킨 적이 있었다. 이는 대학의 보직도 교수의 가르치고 연구하는 본업에 대한 위험 요소라는 편견 때문이었다. 사람들이 10년이 넘게 붙들고 있는 연구소장은 보직이 아니냐고 하는 경우도 있지만, 연구소야말로 연구만 하는 곳임을 모르고 하는 말이다.

오래전에 존경하는 총장님이 학교를 떠나시고 그 자리를 메우는 총장 선거가 시작된 적이 있었다. 예기치 않게 연구실로 몇 명의 젊은 교수들과 직원 한 명이 함께 와 한 가지 제안을 했다.

"이번 총장 선거에 나가시지요!"

그 말은 내가 대학 내 정치판에 끼어든 교수로 보였다는 것을 의미하는 것이어서 상쾌한 기분은 아니었다. 복잡한 사회적 맥락에 휘둘린 결과였다. 기억하건대 두 가지를 그들에게 말한 것 같다. 첫째는 내가 출마 결심을 하면 반드시 된다. 나는 되지 않을 경우는 시작도 하지 않는다. 둘째, 내가 당선되면 연구 결과가 없는 교수님들과 게으른 직원들에 대한 구조조정을 최소 30퍼센트 범위로 단행할 것이다. "어떤가요? 동의합니까?" 내 질문에 그들은 "교수님이 총장 되면 큰일 나겠습니다" 하고 내 방을 떠났다. 나는 알고 있었다. 떠나시는 총장님이 구조조정을 하겠다고 하자 학내가 난리가 났던 것을! 그래서 나는 그것을 빗대었던 것이다. 교수직 이외의 어떤 것도 관심이 없었다.

대학에서의
사랑과 우정

대학에서의 사랑과 우정은 우리 전공의 학회를 세워주신 강위영 교수님으로부터 시작되었다. 교수님은 대학원 정서장애 전공 학생들에게 혼을 다한 애정을 주셨다. 그 과정을 지켜보는 것 자체가 학문을 통한 우정과 사랑을 배울 수 있는 통로였다. 새로운 논문을 쓸 때면 어김없이 교수님께서 자비로 공급하시는 새로운 신간과 연구물들이 기초가 되었다. 우리는 그 모든 것을 조건 없이 당연하게만 받아들였다. 정서·행동장애 학문의 전통과 학풍은 그렇게 교수님의 개인적 희생과 열정에 근거하였다. 정서의 동문들이 하나 되는 사랑과 우정의 협곡은 스승님을 정점으로 계속되고 있다.

연구가 경쟁적 스트레스이기 이전에 사랑이며 우정이 된 예도 있다. 초기의 성곡재단 연구 과제가 행동장애 아동의 부모 교육 프로그램 개발이었던 것에 기초하여 더 좋은 기회가 뒤이어 있었다. 서울대학교 홍강의 교수님, 연세대학교 정보인 교수님과 함께했던 보건복지부 지원의 3년간 공동 연구였다. 공모를 거쳐 결정된 과제였다. 한국 최초의 자폐아 출현율 조사와 컴퓨터 활용 프로그램 개발이었으므로 초기 연구와 같은 맥락이었다. 우리 세 사람의 3년간의 공동 연구 과정은 연구를 통한 사랑과 우정이 일상의 삶이 되는 축복으로 남았다. 우리의 연구는 연구 결과물 생산만으로 끝나지 않는 우정의 융합이라는 숨은 매력을 지니고 있었다. 연구자로서 얻어진 서로간의 열정과 신뢰가 친구의 사랑과 우정으로 자란 것이다. 일상이 초라해질 때 언제나 말을 걸 수 있는 삶의 향기이다. 얼마나 멋진 일인가! 연구로 맺어진 사랑과 우정이 강산이 변한 지금도 청춘처럼 서로에게 머물고 있다.

대학에서의 사랑과 우정을 논하는 것은 숨은 보석을 찾는 일과 같다. 자칫하면 놓치게 된다. 살펴보면 눈물과 함께 먹는 빵처럼 애잔하여 찾기가 쉽지 않다. 언젠가 나의 대학원 1호 박사 졸업생이 된 가톨릭대학의 이상훈 교수가 마지막 3회째 논문 심사를 앞두고 한밤중에 전화를 한 적이 있었다. "이상훈입니다. 이 논문 중단하겠습니다" 하는 내용이었다. 순간 나는 어이가 없고 화가 났고 말이 막혔다. "그만둘 수 없습니다." 단호한 한마디로 전화를 끝냈다. 그 맥락이 한국 대학의 정서이며 선배와 후배가 공존하는 대학에서의 사랑과 우정의 순간임을 누군들 파악하기 쉽겠는가! 더 말하고 싶었다. 내가 학위논문을 쓸 때는 포기의 자유는 오직 개인적인 일일 뿐 지도 교수에게 그만두겠다고 칭얼대고 위로받을 수 없었노라고! 그런데 너는 칭얼대고 위로받고도 그것이 곧 학문에의 길에서 얻어지는 우리 고유의 사랑과 우정임을 아는가 묻고 싶었다. 물론 다행하고 기특했다. 학위논문 쓰기를 고뇌하는 것 자체가 삶의 성실성을 뜻하므로! 그리고 그 고뇌의 내용을 주고받으면서 우리는 같은 길을 가는 동지임을 확인할 수 있었으므로!

따지고 보면 사랑과 우정이 아니었다면 불가능했던 대학에서의 23년이었다. 대구대학교 교수로서 사단법인 한국정서·행동장애아교육학회 학회장을 세 번씩 연임하였다. 그동안 발달장애 아동들에게 필요한 행동치료사 약 2천여 명을 배출한 것도 강위영 학회법인 이사장님의 의지와 사랑으로 이루어질 수 있었다. 강산이 몇 번씩 변하는 오랜 세월에도 흔들림 없이 혼신을 다해 일해준 학회 사무국의 권명옥 박사가 없었다면 얼마나 힘이 들었을지 상상할 수 없다. 그리고 한 땀 한 땀 수를 놓듯이 학회의 초기 역사를 써 내려간 앞선 선배 임원진들이 있었다. 한홍석 박사님과 같은 임원진들의 노고는 설명할 수 없는 아득함이다. 거기에 더하여 그 많은 전공 연구자의 학문적 우정과 사랑이 없었다면 오늘의 사단법인 한국정서·행동장애아교육학회는 없었을 것이다.

거대 국제 학회에서 대구대학교 정서·행동장애 전공 대학원 학생들이 해마다 연구물을 발표할 수 있었던 것은 '두뇌 한국 21'의 5년 과제와 뒤이은 후속 과제까지 연결된 연구비가 있었기에 가능했다. 교수의 역량으로 외부에서 수혈되는 연구비는 중요했다. 우리 대학원 학생들이 등록금 걱정 없이 마음껏 연구할 수 있는 미국과 같은 풍토는 지금도 지속되고 있다. 풍요의 연구 환경을 전공 대학원 학생들에게 10년 이상 제공할 수 있었던 것은 대학의 사랑과 우정이 낳은 결실이었다. 혼자의 노력으로는 불가능했다.

밥 먹을 시간을 놓치기가 일쑤여서 한 번 먹을 때면 두세 그릇을 비우는 경우가 다반사였다. 이러한 나의 폭식까지 사랑으로 염려해주신 강위영 스승님이 계셨다. 지난 20년간 내 연구의 수족이 되어준 강정배, 구원옥, 최미향 연구원과 신윤희 박사와 같은 동지적 연구원들이 있었기에 모든 것이 가능했다.

학부 중심의 대학 혁신 역량 강화 사업에 선정되었던 1년간은 연구보다는 학생들의 지역 연계 훈련으로 정신을 놓을 지경이었다. 그때 "교수님 덕분에 등록금 걱성을 하시 않게 되어 고맙습니다" 하는 이메일은 나를 위로하는 젊은 학생들의 또 다른 사랑이었다. 이 또한 감사할 뿐이다.

내가 원하는 모든 것을
이루어준 나의 교수직

역학자 백운학 씨가 예견했던 대로 사람들을 많이 거느린 셈이었다. 사람들을 많이 거느린다는 것은 그 거느린 사람들의 충복이 되어야 한다는 것임을 처음에는 모르고 있었다. 대구대학교 특수교육재활과학연구소 소장이라는 충복으로서 더 많은 연구비를 조달해야 한다는 현실이 그 새로운 사실을 알려주었다. 3년 혹은 5년의 연구 과제가 끝난다고 하여 연구에 투입되어 장학금이나 급여를 받는 수십 명의 연구원들까지 연구소를 떠나게 할 수는 없었다. 결혼도 하지 않았는데 많은 식구를 거느린 가장이 된 내 모습을 알아차렸을 때는 도망갈 희망도 사라진 후였다. 딸린 식구들은 오직 나만 신뢰하는 듯했다. 박사 후 연구원이었던 인제대학교 문현미 교수는 나의 그런 깨달음을 아는지 모르는지 "끊임없이 블루 오션을 개척하시는 우리 교수님!"이라는 헌사까지 바치지 않던가!

그 헌사의 마음들을 외면할 수 없었던 것은 교수직이 가진 도덕성 때문이었다. 학문을 하는 선배의 도리 때문이었다. 기억에 2006년 가을 학기 때부터 일에서 벗어나고 싶은 마음뿐이었다. 대형 국책 과제 책임자는 6개월 이상 연구 주소지를 떠날 수 없다는 규정 때문에 대학에서 한 번도 쉬어본 적이 없었다. 그럼에도 몇 달 후면 끝나는 연구원들의 급여를 걱정해야 하는 절박한 사정만 내 앞에 놓여 있었다.

때마침 교육부 중점지원연구소 9년 장기 연구 과제 공모가 발표된 시점이었다. 9년의 장기 연구 계획서는 내 연구실에서의 45일간 주야에 걸친 우리의 혼백으로 제출되었고 우리는 국내 2천여 개 연구소와의 경쟁에서 성공하여 연구를 지속할 수 있었다. 나는 그 9년 연구의 6년을 마감하고 3단계의 3년을 후배 교수에게 짐 지우고 떠난다. 우리 연구소는 2007년 〈동아일보〉가 "발달장애아 119, 무엇이든 물어보세요"라고 소개한, 호미(Homi.Info) 프로그램을 독자 개발한 연구소이다. 이는 연구소 내에 침대들을 들여놓게 하고 밤에도 일하라고 한 나의 성깔보다 더 열심이었던 연구원들의 노력이 빚은 결과이다. 어느 해 3월 1일에는 우리 연구소에서 일하던 네 명의 박사 연구원들이 한꺼번에 영남대학교를 비롯한 전국의 4년제 교수로 임용되었다는 일간지 기사가 우리 연구소의 성과로 소개되었다.

모든 일에는 반드시 그 대가가 주어지는 법이다. 대학에서의 23년은 나에게 수없이 많은 흔적을 남겼다. 그 흔적들 중에서 가장 빛나는 것은 나의 2008년 6월 15일 일기에 쓰인 「대평리의 삶」에 녹아 있다.

대평리의 삶

대평리에서 2001년 3월 1일 이후, 약 8년을 살고 있는 현재는

사계절 중 여름의 초엽이다.

대평리는 내 삶에서 두 개의 다른 모습을 한다.

처음 몇 년은 죽음 같던 기억에 목이 매여 시간이 묶였다.

사계절을 몇 번이나 지나고서야 겨울나무의 초연함이 스승이 되어

나를 채운 것은 두어 해 전이던가!

정부의 연구 계획서 쓰기에 내 삶의 실체를 내어주고,

굴레가 된 내 직업에 진저리 쳤지만,

새벽에 돌아오던 대평리 집은 그때도 분명 위안이었다.

학교에서 대평리는 15분 거리,

그 15분에도 몇 번이고

졸음으로 차를 세웠다가 다시 시동을 걸었던

수마와의 곡예도 나를 비틀지 않았으니!

어느 해인가, 그해의 혹한이던 1월 새벽 2시!

'호미' 연구만을 위한 간절함으로 운문사의 새벽 예불을 향해

대평리를 나서던 그 칼바람 속

절박한 욕심이 기도가 되는 순간도 대평리는 나의 위안이었고,

그 기도로 하여 한 사람 스님이 대평리 내 마당의

풀을 뽑아주고, 김을 매는 부처의 모습으로

시절 인연이 되었음에도!

어제오늘은 학교가 감옥이 되어

가르치고 연구하는 교수의 신분이 버겁다 못해 불행하다.

오늘 이후의 삶은

세상의 잣대가 아닌, 대평리 그 자연의 잣대로 내게로 오기를!

연구실을 떠나고, 월급의 사슬을 벗고, 교수의 사슬을 벗고,

연구소의 호미가 어찌 되든 그들의 것이 될 수 있게 놓아두는 날,

대평리의 자연이 나의 삶이 되기를!

세상이 나에게 주는 어떤 것도 마다하고,

세상이 유혹하는 어떤 인연에도 초연하게,

대평리 사계절 속에서

나무를 가르는 바람과

그 바람으로 빛나는 하늘과 맞닿아 살 수 있다면!

그것이 죽는 날까지 남아 있을 나의 소망인 것을!

그것이 대평리의 삶, 나의 구원이 되기를!

그날 이후,
원하던 대평리의 삶을 가졌네

　　아주 오래전 어느 날 후배 교수인 정영숙 교수님이 어느 회의장에서 내 어깨를 치면서 "5백만 원 주세요"라고 했다. "왜요"라고 물어보지도 않았다. 단지 "5백만 원 없는데요"라고 했다. 그땐 정말 그만한 돈이 없었기에! 그런데 "그럼 마이너스 통장으로 해주세요"라고 할 때는 그건 가능한 일이었기에 마이너스 통장으로 5백만 원을 건넸다. 대평리 교수마을을 조성하면서 정영숙 교수님은 나를 조건 없는 이웃으로 초대했다. 그렇게 설명도 없이 5백만 원 내놓으라 할 정도의 사랑과 우정은 흔하지 않다.

　　결과적으로 나의 평화, 나의 사랑 대평리는 교수직이 만들어준 기회였다. 내가 대구대학교 교수였기에 만날 수 있었던 정영숙 교수님의 선물이었다. 무엇으로 그 감사를 다할 수 있겠는가!

　　나는 오늘도 원하던 그날 이후의 삶을 살고 있다. 그렇게 선물받은 그 사랑과 우정의 땅에서 바람과 별을 이고 산다. 참 좋다.

05

삶은
기적이어라

단 하루만 엄마가
나에게 온다면

삶은 선물이라고 한다. 나에게 있어 삶은 기적이다. 기적이 아니고서는 현재의 내 삶을 설명할 길이 없다. 기적은 불현듯 한순간에 일어나는 바람 같다. 헬렌 켈러는 보지도 듣지도 말하지도 못하는 일상에서 1933년 "사흘만 볼 수 있다면(Three days to see)"이라는 간절한 소망으로 세상을 울렸다. 나는 세 살에 하늘로 떠난 엄마가 단 하루만(Only one day!) 나에게 온다면 서러웠던 일들을 온종일 다 일러바치겠다고 벼르고 있었다. 엄마를 만나면 펑펑 울면서 모두 모두 일러바치리라 했다.

그런데 진짜 엄마가 바람인 양 나에게 왔다. 2004년 11월 30일. 그날은 러시아학회를 다녀온 다음 날이었다. 연구실로 손영미 박사가 왔다. 좋은 차를 마실 곳으로 안내한다 하여 따라갔더니 천년 고찰 운문사 다실이었다. 그때 말없이 정갈하게 앉아 차를 우려주시던 일진 학감 스님이 현재의 내 엄마다.

기적도 때로는 노력으로 이루어질 수 있나 보다. 일진 학감 스님이 나의 '엄마'가 진짜로 된 것은 손영미 박사의 성화 같은 노력 덕분이었다. 나는 어떤 만남에 대하여 사후 인사를 하는 일이 거의 없다. 운문사에서 차를 마시고 온 약 일주일 후, 손 박사는 전화번호를 주면서 차를 잘 마시고 왔다는 인사를 해야 한다고 일렀다. "알았다" 하고 그냥 지났다. 며칠 후에는 확인하는 독촉까지 있었다. 전화 걸었느냐고! 그때는 이미 약 2주쯤 시간이 지난 후였다. 너무 지체되었다고 하자 지금이라도 전화하라고 성화였다. 전화번호를 다시 불러주기에 할 수 없이 전화를 드렸다.

나에게는 낮가림이 있다. 어떻게 말해야 할지 전화를 하면서 머뭇거렸다. "스님, 지난번에……" 내 한마디 말에 일진 스님은 "아, 그때 교수님! 학생 목소리 같아서 누군가 했어요!" 상대방을 무장해제시키는 스님의 목소리는 경쾌하고 밝은 데다 다정함이 묻어났다. 더구나 내 목소리가 학생 목소리같이 들린다니 그 말씀도 마음에 들었다. 이쯤이면 기적도 노력하는 사람에게 더 가까이 가는 게 아닐까!

내 엄마의 기도는 지금까지 효험이 대단하다. 그리고 말을 하기만 하면 그대로 다 된다. 가장 효험을 본 것은 대형 연구 공모 과제를 내고 나서 기도해달라 부탁드린 것이었다. 엄마는 안심하고 있으라 하셨다. 그리고 떡하니 붙었다. 별을 따는 것처럼 어려운 공모였음에도! 아마추어로 역학을 공부하는 친구가 작년 내 운세에 도끼가 들어와 내가 위험하다고 말했다고 하자 기도해서 다 막아준다고 했다. 지금까지 말짱하다.

한순간의 일이었다. 일진 스님이 운문승가대학 교수이거나 주지가 아닌 내 엄마가 진짜로 된 것은! 나는 2008년 6월에 유방암 4기 진단을 받았다. 그러자 그해 여름방학 45일을 대평리(내가 사는 집)에 오셔서 나를 돌보면서 보내셨다. 간섭받는 것을 못 견디는 나의 괴벽은 당연히 스님의 문화와 정서적으로 충돌하곤 했다. 그때까지는 진짜 엄마가 아니었다. 이것은 먹어야 하고 저것은 먹지 말고……. 스님의 말이 끝없는 잔소리로 들렸을 때 나는 표현을 했다.

"정말 엄마같이 잔소리가 많으십니다."

내 말이 떨어지기가 바쁘게 스님은 그랬다.

"그럼 엄마 하세요!"

기적의 순간은 그렇게 왔다. 소리를 가르는 바람으로 왔다. 기적은 절대 누가 알아차리도록 하지 않는다. 스님이 세 살 아기의 엄마로 자신을 내어주는 그 순간에 기적은 마무리되었다. 단지 그 순간의 기적을 알아차리기만 하면 되는 일이었다. 그런데 그 순간이 기적인지의 여부는 따질 수가 없었다. 내가 단 하루의 엄마를 갈망하고 있었던 것은 부처의 자비나 예수의 사랑과는 다른 차원이었으므로! 보채고 떼쓰고 콧물로 칭얼대며 엉터리 세상사를 종일 일러바쳐도 "그랬ー쩌ー어" 하는 오직 순백의 엄마가 필요했으므로!

스님이 자신을 나의 엄마로 하라는 그 기적적인 순간에 나는 아무 생각이 없었다. 생각이 없다는 것은 순수의 표현인가! 지금까지 쓰던 그

존댓말을 버리고 무심하게 말이 나왔다.

"엄마가 하는 일이 뭔데! 아가가 원하는 것 다 해주기만 하는 게 엄마지! 세 살에 엄마가 하늘로 가셨으니까 나는 세 살이야. 떼만 부리면 되는 세 살 아가야."

그러자 엄마도 아주 편하게 말했다.

"그래, 세 살 아가니까 다 해줄게!"

그날 엄마는 세 살 아가니까 다 해준다는 그 기적의 약속을 남기고 개학을 맞아 운문사로 떠났다. 내가 일진 스님을 "엄마!" 하고 불렀던 것은 그 다음 날 전화선을 통해서였다. 만 세 살 이후 내가 오직 한 마디 "엄마!" 하고 소리를 냈던 기적의 첫날이었다. 만 세 살에 엄마를 하늘나라로 보내드렸는데, 60년 후에 엄마가 그렇게 왔다!

나는 참기름을 너무 좋아한다. 가능하면 대부분의 음식에 참기름을 넣어 먹는다. 아침 식탁에서 참기름이 떨어진 것을 확인하자, 곧장 운문사로 전화를 했다. 어떤 주저함도 없이! "다 해줄게"라고 한 전날의 엄마 말을 믿었음이다. 전화 저쪽에서 "여보세요" 하는 목소리가 들렸다.

"엄마, 참기름 떨어졌어."

그날 오후 엄마는 한꺼번에 참기름 여섯 병을 들고 나에게로 왔다. 그때 엄마가 가져온 참기름 여섯 병은 지금도 내 눈과 기억 속에 남아 있다. 그렇게 무엇이든 다 해주는 엄마가 나의 엄마다. 알 만한 주변에서는 나를 몹시도 부러워한다. 떼만 부리면 되는 울 엄마가 있어서!

내가 "엄마!" 하고 부르는 순간에 삶은 나에게 또 다른 기적이 됐다. 한때 "내가 그의 이름을 불러주었을 때 그는 나에게로 와서 꽃이 되었다"는 김춘수 시인의 말을 이해할 수 없었다. 이제는 완벽하게 이해할 수 있다. 내가 일진 스님을 "스님"이 아닌, "엄마!"라고 불렀을 때 스님은 나에게로 와서 나의 엄마가 되었으므로!

진짜
엄마

날마다 어김없이 하루 두 번 엄마의 전화를 받는다. 아침 9시와 밤 9시가 정해진 시간이다. 항상 엄마가 나에게 건다. 운문사 주지 스님으로 소임을 다하셔야 하기에 내가 먼저 전화로 방해하는 일은 절대 없다. 혹여 엄마에게 전화를 걸어야 할 일이 있을 때는 둘 사이에 신호가 정해져 있다. 내가 "스님! 엄마!"라고 두 마디 말을 하면 둘 중 하나를 엄마가 선택한다. 엄마가 "스님" 하고 대답하면 나는 "알겠습니다" 하고 전화를 놓는다. 다른 사람과 함께 있다는 뜻이다. 엄마가 "엄마"라고 말하면 쉬고 있다는 뜻이다. 이럴 때는 "엄마, 엄마, 엄마" 한 번에 세 번씩 엄마를 부르면서 용건을 말한다. 엄마가 나에게 전화를 할 때는 엄마의 방 전화로 쉬는 짬에 하셔야 한다. 휴대전화에서 걸려오면 보직 수행 중에 거는 전화로 알고 내가 싫어한다. 공과 사를 철저히 구분해야 함이 엄마께 강요된다. 그래서 엄마는 시간이 되면 마당에서도 방으로 달려와 전화를 건다. 그때 방에서 오는

전화면 나는 마루를 팡팡팡 뛰면서 전화를 받고 무조건 웃는다. 하긴
전화를 받는 순간 이미 소리부터 지른다.

"엄마, 엄마, 엄마, 울 엄마 진짜 엄마다!!"

그러면 엄마는 그런다.

"가짜 엄마도 있나?"

"있지. 휴대전화로 걸 때는 가짜 엄마다!"

전화하는 잠시에도 깔깔깔 웃는다. 이유가 없는데도 웃음이 나온다.
나에게도 "엄마!" 하고 부르면 대답하는 진짜 엄마가 있는데 어찌 웃지
않으랴!

나와 엄마는 그림처럼 잘 산다. 절대 화를 내고 싸우는 법이 없다.
엄마도 나도 마당의 작은 나무나 바람처럼 살면 행복하다는 것을 알기
때문이다. 엄마와 내가 자연의 일부임을 알기에 자연이 우리에게 시비
를 걸지 않듯이 서로에게 시비를 거는 일이 거의 없다. 다만 내가 심심
해서 걸고넘어진 적이 있고 흔히 잘 그런다. 그러나 절대 문제가 되지
는 않는다. 아래의 글은 내가 어떻게 엄마를 걸고넘어지는가를 보여주
는, 이전에 써두었던 글이다.

지난 2010년 3월 11일 최고의 산문 작가이며, 청량한 스님이셨던 법정
스님이 돌아가셨다. '무소유'의 가치를 알리고자 애쓰셨다. 어느 해 봄 법정
스님의 정기 법회에 울 엄마, 일진 스님이 나를 데려간 적이 있다. 그때 법
정 스님은 차를 마시는 자리에서 "신문도, 라디오도 듣지 않고 사는 것이 좋

다"라고 하셨다.

그런데 나는 거의 날마다 인터넷을 통하여 신문을 열심히 본다. 특히 내가 몇 년 전에 사둔 현대자동차 주가가 어떻게 되나 하고 살핀다. 어제, 오늘은 거의 10퍼센트 올랐다.

나는 '무소유'로 살아갈 정신력이 없는 사람이다. 특히 오늘은 엄마에게 돈을 달라고 농을 하다가 결국 받아냈다. 대단한 소유의 집념이 아닌가!

내리던 비가 개고 마당은 봄기운으로 밝게 빛나고 있어서 공차기를 한다고 마당에 나갔는데, 엄마가 춥다고 들어오라 불렀다. 엄마가 부르는 소리를 돈으로 걸고넘어진다.

"엄마, 내가 집 안에 들어가면 돈 줄 거야?"

"그래, 주지."

거실로 들어오자 엄마는 내가 켜둔 컴퓨터에서 인터넷 신문 보기를 시작한다.

나는 보챈다.

"나 들어왔잖아!"

엄마는 나에게 "그래, 알았어. 가만있어" 한다.

나는 가만있으라는 엄마의 말에 방바닥에 누워서 가만히 있는다.

그런데 한참을 있어도 엄마는 여전히 신문만 보신다.

"엄마, 나 가만있는다" 하는 내 말에 내가 저절로 웃고, 엄마도 따라서 소리 내어 웃는다.

둘이서 한참이나 깔깔깔 배를 잡고 웃는다.

결국 엄마가 가만있으라고 하는 대로 말을 잘 듣고 있으니, 약속을 지키라는 내 요구는 행복한 웃음으로 변하고, 엄마는 자신의 통장에서 1백만 원을 휴대전화로 내게 송금한다. "띵!" 하고 내 휴대전화에 돈 들어온 신호가 울렸다.

"엄마, 고마워."

조를 때는 재미있었는데, 막상 일이 성사되고 보니 좀 쑥스럽다.

돈은 돌고 돈다고 하던가! 엄마 돈이 돌아서 내 돈이 되고 내 돈이 또 어느 날 엄마 돈으로 돈다! 참 재미있다.

어찌하였든 많은 용돈이 저절로 생겼으니 띵호와!

어느 날
울 엄마께

삶이 기적이라는 것은 사기꾼 이야기가 아니다. 한순간 진실된 아름다움을 경험한 사람은 그 체험적 정서를 기적이라 할 수도 있다. 끝없이 감사하고 싶은 마음, 오직 기도로 정화되고 싶은 갈망, 그 모든 순간이 기적의 시작점이 된다. 나는 계산할 수 없는 고마움, 따짐 없는 순수를 체험할 때 그것을 나의 기적이라 한다. 4기 암과 함께이면서도 오직 화평하게 잘 살고 있다는 것도 기적이다. 인간이라면 그 고통에 힘겨워해야 함에도 나는 완벽하게 벗어나 있다. 어떤 고통도 고뇌조차도 없다. 기적이 아닌가!

삶에 대한 긍정 또한 기적을 체험하게 해준다. 주어진 삶을 불평하면 세상 썩는 냄새에 코를 막아야 한다. 삶을 소중히 하여 긍정하면 그것 자체가 향기가 되고 행복과 위안이 된다. 삶을 긍정하면서 내가 얼마나 행복한가를 알아보는 저울이 있는지 궁금했던 적이 있다. 나는 그 저울의 하나를 찾았다. 어느 날 엄마께 보낸 내 짧은 글이 나의 행

복 저울이 될 수 있다는 생각은 창의적 발상으로 보인다. 그런 발상을
할 줄 아는 내가 귀엽다.

울 엄마께

어제는 태풍이 있었는데,

오늘 밤에는 유난히 하늘 가득 별들이 있어

행복한 대평리입니다.

그런데 더욱 행복한 것은

제가 지금 울 엄마를 향해 인사를 드리고 싶은 제 마음자리입니다.

날마다 울 엄마를 부르는 순간순간에

온전한 세 살 아가로 행복할 수 있다는

이 엄청난 신비에 대하여

울 엄마 당신께

처음에도 감사하고

다음에도 감사하고

그다음에도 감사하고

다시 그다음에도, 그다음에도 감사하며,

중요한 것은 지금 이 순간에 감사하고 있음입니다.

울 엄마, 지금 여기 당신이 있어

나는 그저 행복합니다.

─2010년 9월 3일

대평리의 밤 별들과 함께, 상아 드림

이 편지글이 행복 저울이 아니라고 말할 사람이 있다고 해도 무방하다. 그 판단은 그의 것일 뿐이므로! 그러나 울 엄마께 쓴 편지의 내용처럼 나는 오직 기쁘고 감사함만 가득하다. 별이 가득 담기는 하늘과 바람이 머무는 대평리, 무엇보다 나에게 엄마가 있으므로!

주어진 삶을
긍정하는 길

여름이 시작되던 어느 토요일이었다. 가슴에 통증이 심해 누워 있는 참이었다. 벽에 액자를 걸다가 무의식중에 원더우먼인 양 허공에 발을 내디딘 사이 내 가슴이 방바닥에 패대기쳐진 적이 있었다. 그 후 1년간 그 후유증으로 가슴이 아픈 거라고, 시간이 가기만 기다리고 있었다. 일에 싸여 병원 갈 시간도 없었다. 물론 그때까지 육체가 살아 있는 생명체라는 의식도 하지 않았다.

신기하게도 그날은 내가 누워 있을지 모른다고 엄마가 사람을 보냈다. 수산화 씨였다. 수산화 씨가 안내한 병원에서 나는 유방암이라는 진단을 받았다. 곧이어 언제나 함께해주시는 송화섭 교수님께서 자제분들이 진료하고 있는 서울 아산병원으로 데려가 주셨다. 아산에서 유방암 4기라는 최종 진단을 받았다. 온몸의 이곳저곳에 암세포가 퍼졌다는 4기 진단을 받는 순간 '아, 이제 문제를 알았으니 해결할 수 있겠다! 과로사할 뻔했구나!' 하고 안도했다. 더 이상 아무것도 생각하지 않았다. 진단을 받고 내려오던 날 엄마의 표정이 그저 담담한 듯해서 그런 줄만 알았다.

그런데 며칠이 지나 수산화 씨가 조심스런 표정으로 엄마의 근황을 알렸다.

"스님께서 순간순간 울고 계셨어요."

엄마가 내 병 때문에 우신다는 소리를 듣는 순간 엄마의 슬픔이 밀물로 밀려왔다. 사실 죽음에 대한 생각이 없는 것은 내 쪽인 듯했다. 그래서 돌아가신 엄마보다 살아 있던 내가 엄마를 더 목말라 했던 섭리가 아닐지! 엄마에게 내가 슬픔의 근원이 될 수는 없었다. 엄마의 떼살이에 대한 숨은 사랑을 살아 숨 쉬는 기적으로 지니고 싶었다. 엄마는 나에게 기적을 낳는 사람이었으므로!

4기 암 진단에서부터 4년이 되어간다. 길면 12개월 정도는 산다고 했던가! 그런 수치에는 전혀 의미를 두지 않았다. 평생의 학문이었고 믿음이었던 긍정행동학과 긍정적 행동치료가 4기 암을 봉합해줄 수 있다는 믿음만 가졌다. 엄마와 함께 내가 나의 또 다른 주치의가 되는 일이 시작되었다. 주어진 삶을 긍정하는 것이 얼마나 화려한 삶을 일구어주는지를 4기 암을 통하여 기록하고자 하였다. 그리고 그 기록이 필요한 사람들에게는 또 다른 위안이 되도록 모든 이의 사랑과 우정을 더하여 여기에 둔다.

시작의 날 — 2008. 7. 12

유방암 4기 — 왼쪽 유방의 2.5센티 악성종양이 폐와 간, 쇄골로 전이, 긍정적 행동치료의 적용과 야채즙 건강법을 시작한 첫날이다.

어제 오후 7시에는 마당 느티나무 곁 의자에 앉아 숙이랑 숙이 신랑 김영수 님이 내게 "자신의 의지와 마음의 평화가 곧 기적의 동력"이라 했고, 뒷집 사는 크리스티나는 야채즙 유기농산물들을 구해 들고 왔다.

울 엄마, 일진 스님께서는 온종일 서울 양지암 중간 형님 스님이 보내신 차가버섯을 달이고, 진원사 큰 형님 스님이 보내신 느릅나무 뿌리를 달이고, 수산화 님이 달여 온 그 큰 닭다리 냄비를 다시 달이고, 간수하고……. 그리 종일을 보내시더니 밤에는 야채즙을 달이느라 자정을 넘기셨다.

이 아침, 그 어제가 있어, 평화롭다!

이제는 내 영혼과 그 영혼을 담고 있는 육신도 귀하게 여기며 살겠다.

동쪽 하늘 대평리 무지개를 보세요 — 2008. 7. 30

새벽에 동쪽에 무지개가, 저녁나절에는 서쪽에 무지개가 뜬 날이다.

새벽 5시 40분 일진 스님이 2층 베란다에서 자고 있는 나를 다급하게 부르셨다. 일어나 보니, 완벽한 일곱 색의 무지개가 떠 있었다. 시작과 끝이 선명한 일곱 색의 무지개가 동쪽 하늘을 덮었다. 아파트에서도 볼 수 있을까? 의심스러우나 너무 아름다워 이른 시간 이효신 교수께 문자를 넣는다.

"동쪽 하늘 대평리 무지개를 보세요."

오후 6시쯤에는 마당에 있는데, 갑자기 하늘이 붉어지더니 아침의 그 무지개가 다시 왔다.

나는 내일 두 번째 항암 주사를 맞을 텐데 주사가 나에게 무지개 같은 희망이 될 것임을 말해준다. 아주 신나는 무지개이다. 얼마나 좋은 일인가! 그 화려하고 완벽한 무지개를 보여주신 일진 스님이 너무 좋다.

감사, 감사!!

한국의 마더 테레사, 소피아 수녀님 오신 날 - 2008. 8. 3

소피아 수녀님이 예고 없이 오셨다.

오늘 오후에 크리스티나가 내 상황을 수녀님께 알렸다 한다. 그 소식 듣기가 바쁘게 한달음에 오셨는데, 크리스티나와 저녁 온천에서 한껏 여유를 부리고 놀다가 왔다.

"아픈 일이 있으면 먼저 알려야제. 인제 형님이라 부르지도 마라."

화가 나셨지만 "내 하느님께 직방으로 가는 기도 드릴게, 걱정 마라"

말씀하시는 모습은 여전한 마더 테레사다. 수녀님! 감사드릴 뿐!!

항암 치료에 대비 삭발하다 - 2008. 8. 4

밤 10시에 항암 치료에 따른 사전 삭발을 시행했다.

어제 온천에서 머리를 감는데, 몇 올씩 머리가 빠졌다. 내 머리가 한꺼번에 빠지기 전에 스님께 삭발을 부탁드렸다. 삭발은 한 시간 동안 이루어졌다.

"옴 살바 못자 모지 사다야 사바하."

지금까지 귀한 육신을 학대하고 무자비하게 다룬 것에 대한 참회 진언문이다. 진언문을 시작하신 일진 스님의 목소리가 사각사각 아기같이 여리고 올이 많지 않은 나의 머리 잘리는 소리와 어우러져 내린다.

다음은 사르륵사르륵 소리가 달라진다. 깎은 머리칼을 털고, 면도를 하는 소리 역시 스님의 진언문 발원과 어우러진다.

다 잘린 후의 내 머리는 파르랗다 못해 눈부시게 희고, 낯설다.

그러나 이 삭발 의식 없이 가발 가게에서 삭발했다면 참혹했을 터!

일진 스님이 참회 진언으로 나의 머리를 삭발해주신 것은 더할 수 없는 위로가 되어 어떤 회한도 남음이 없다.

오늘 머리를 삭발하였으니, 분명 머리가 내 앞에 다시 나타날 것이다. 모든 삶의 이치가 그러하듯이!

오늘 이효신 교수님이 내게 물었다.

"정말 지금까지 구토를 한다든가 하는 나쁜 증상이 아무것도 없었나요?"

"네, 아무런 증상이 없어요. 다만 가슴 통증이 사라졌을 뿐입니다."

고통도 달라진 것이다. 내 긍정적 감사의 생각이 지속되는 한 행복하게 지금 이 순간처럼 살아갈 것이다.

그리고 모든 것이 달라질 것이다. 내가 긍정하는 그 방향으로!

다섯 번째 항암 주사 - 2008. 9. 11

오늘은 피검사를 받았다. 검사 결과는 정상 수치로 나왔다.

특히 지난번 백혈구 수치가 3600이었는데 오늘은 4200이다. 정상 수치가 4000 이상이니, 완벽한 정상 범위이다. 간 수치도 정상 범위이고, 오늘 검사 결과로는 '검사 관해 상태'다.

모든 것에 감사할 뿐이다.

네 시간이 걸리는 항암 주사 맞기를 마치기 10분 전, 통보도 없이 이상훈 교수가 오고, 이어서 서울의 각기 다른 대학에 있는 류왕효 교수님과 이미란 교수님이 병원에 도착했다. 어떻게 내 주사 시간을 알았을까!

그 우정의 마음들이 나를 치유하는 기도가 되고 감사로 남는다.

백 명 중 두 명이 되게 해준 우정과 긍정의 힘−2008. 10. 9

시작 3개월(1단계 주사 기간 : 6회) 만에 첫 번째 결과 보는 날−지난 7월 10일 아산병원에서의 진단 결과에 따라 6회 항암 주사 후, 지난주 재검사를 시행한 결과를 오늘 확인하였다.

폐와 간에 전이되어 있던 종양은 더 이상 확인되지 않는 상태이고, 왼쪽 유방에 2.2센티였던 종양은 현재 0.8밀리로 작아졌다. 전신 뼈 촬영 결과를 보니 다른 어떤 곳에도 전이의 흔적 없이 처음의 상태를 그대로 유지하고 있다.

결론적인 결과지의 소견은 "dramatically improved−극적인 향상".

아산병원의 주치의 김 교수는 "백 명 중 두 명 정도가 이런 만족스러운 상태가 될 수 있다"라고 했다. 가톨릭대학의 이상훈 교수가 나의 보호자인 양 나타나 함께 있었다.

공식적인 검사 결과지를 확인한 이 교수는 "그 결과 기록지를 접지도 말고 액자에 넣어야 합니다. 합격증입니다"라며 좋아했다.

결과가 좋으면 투여할 수 있다던 항암 주사를 일곱 번째로 맞고 있는 시간에 계명대학교 허정명 교수가 문의 전화를 했다. 결과가 좋다는 내 말에 순간 자신의 연구실이 울리도록 소리를 쳤다.

"I love you, thousands times!(끝없이 너를 사랑한다!)"

그 진정한 안도의 표현!

"교수님을 사랑할 수밖에 없습니다. 고맙습니다"라는 문자 메시지를
보낸 경북개발원의 이미원 박사님.

당신들의 기도가 하늘에 닿아 내가 살아 있음을 알고 있거늘!

우리들의 붓다여,

우리들의 예수여,

우리들의 성모마리아여,

우리 모두의 부모님들이여,

우리를 지켜주는 모든 자비의 혼령들이여

저를 위하여 기도하고 저에게 그 마음을 나누어준

이곳에 다 나열할 수조차 없이 그 수가 크고 더없이 귀한

저의 모든 은인들을 위하여 먼저 축복을 내려주소서!

오는 토요일에는 그 오랜 우정의 세월을 함께한

연세대학교의 정보인 교수님과

공주대학교의 백은희 교수님이 대구로 와서 저와 만날 것입니다.

저를 기억하시어 그 두 교수님들의 지극한 우정과 사랑에도

날마다의 시간들이 기쁨이 되는 화평의 상을 주소서!

2009년 7월 10일, 만 1년의 시간을 투자하고 표적 치료 항암 주사를 끝낼 수 있었다. 곧 죽을 확률이 90퍼센트 이상이라는 유방암 4기의 상태에서 비켜났다. 욕조에서 60분간 43도 열탕 중에 목청껏 노래 불렀다.

"나를 위해 기도하신 여러분 은혜, 나는, 나는 또 하나 깊은 게 있지……."

(이 노래를 내가 약속한 초청 만찬에서 부르려고 연습을 한다.)

집 안에 아무도 없이 내가 홀로 있다는 평안함!

그 평안의 자유가 나에게 그토록 목청껏 노래를 부르게 하는 기쁨이 된다는 것을 오직 나만이 알고 있다. 그러나 많은 사람은 나의 그 기쁨을 알아볼 길이 없으므로 혼자 두기를 안타까워하지만 어찌해드릴 수 없다.

주어진 새로운 처방은 엄청난 비용과 시간에서 나를 해방시켰다. '페마라'는 호르몬 치료제이고 하루 한 알만 먹으면 된다.

한 달 천만 원 이상의 비용이 겨우 몇만 원으로 둔갑하고, 한 달에 두 번 이틀이던 시간이 3개월 하루로 변화하던 그 순간은 4기 암이 과로사에서 나를 해방시킨 환희였음을 어찌 잊을 것인가!

오지 말라는 내 구박을 견디는 나의 1호 박사 아들 이상훈 교수와 내가, 그 작은 돈이 찍혀 나왔을 때 놀란 표정으로 서로의 얼굴을 보지 않 았던가. "우리가 해냈다!"고. 그리고 다음 순간 우리의 오른손들은 하 이파이브를 외치고 있었다.

웃고 사는 나날이 제4기의 청춘이어라 – 2011 가을

몇 달 전 8월 초순에는 사마귀란 놈과 동침을 했다. 아침 침대에서 일어나 시트를 바로 하는데, 제법 큰 파란 사마귀가 한 마리 툭 하고 떨 어졌다.

어제저녁 마당에서 들어올 때 내 어딘가에 매달려 왔는지, 이놈 때 문인가? 지난밤 가려움에 여러 번 목을 긁었다. 내 육중한 몸부림에도 용케 살아남았구나 싶어 얼마나 기특하던지!

보아하니 힘이 좀 빠진 듯해 가만히 모시고 가서 마당 잔디 위에 놓 으며 "인제 여기서 살아! 내 방으로 들어오지 마" 하고 부탁을 한다. 그 런데 그놈의 머리 방향이 내 방 쪽으로 되어 있어서, 내 방 쪽으로 엉 금거린다.

"야, 너 죽고 싶어! 내 방으로 들어오지 말랬지. 정말 죽고 싶나?"

살려주겠다고 데려다 놓고서는 죽고 싶으냐고 소리치는 내 꼴에 나 는 웃고 또 웃고…… 인간이란!

나는 식물성 단백질 공급원으로 수입 과일 아보카도를 한 개씩 먹는다. 그런데 이 과일은 반드시 껍질이 말랑할 때 먹어야 제맛이 나는데, 때로는 좀 덜 익은 채로 반을 갈라야 할 때가 있다. 오늘 아침에는 약간 덜 말랑한 것을 반을 갈랐더니, 둥글고 굵은 씨가 잘 빠지지 않았다. 나는 평소처럼 말을 건넨다.

"야, 빨리 나와! 빨리 나오면 누가 널 잡아먹는대?"

이 말을 하고 보니, 내가 씨가 나오기 바쁘게 잡아먹겠다고 서 있는 바로 그 속내인 것에, 배를 잡고 웃는다.

'맞네, 맞아. 내가 널 잡아먹겠다고 기다리고 있구먼. 사람들은 이런 자가당착에 걸려 살아가고 있네. 바로 그게 나라, 거참!'

현재의 내 삶은 소박한 제4기의 청춘이다.

부르고 싶은 엄마를 실컷 불러보면서, 좋은 것만 취한다. 일은 무엇이든 버리고, 노는 일은 무엇이든 한다. 형제들도 나를 사랑으로도 괴롭히지 못하게 멀리한다. 사람 만나기를 가려, 시비를 만들지 않는다. 대평리의 햇빛과 바람, 새들의 노래로 풍요를 즐긴다.

내가 자연의 일부임을 깨달아간다.

하늘 바다

마당 위에 바다가 열려 있음을 오늘에야 보았네.

하얀 비늘의 인어들이 가득한

쪽빛 바다가

산바람 위에서 출렁이고 있음을.

백설의 구름들이 파도가 되어 희망으로 흐르고 있음을

오늘에야 보았네.

푸른 쪽빛은 감동의 바다이고,

잠행으로 행진하는 날개들은 그 바다를 가르는 희디흰 인연 줄이다.

왜 지금까지는 보지 못하였을까?

내 마당의 하늘 바다를!

왜 까막눈이 되어 있었을까?

바람도 친구이고,

햇빛도 친구이고,

보이는 산들도 친구이고,

잡히는 가지 하나도 청량의 소리로 남아 있거늘!

238

나는 왜 알지 못하였을까!

해변으로 떠나지 않아도 내 마당에 바다가 있고,

그 바다는 출렁이는 물이랑으로 내리고 있음을!

마당 가득한 하늘 바다가

글썽이는 엄마의 기도인 것을!

감사할 줄 모르고 살았어라!

주어진 모든 순간이 기적이고 영원이란 것을 모르고 살았어라!

아! 주어진 것들이 너무 많아 그것들로 그만 눈이 멀었어라!

이제라도

하늘 바다를 보게 된 오늘은

날마다 좋은 날, 긍정의 첫날이어라!